Engelhorn Bücherei

Herbert von Hoerner

Die Kutscherin des Zaren

Erzählung

Engelhorn Verlag
Stuttgart

CIP-Titelaufnahme der Deutschen Bibliothek

Hoerner, Herbert von:
Die Kutscherin des Zaren: Erzählung /
Herbert von Hoerner. – 2. Auflage
Stuttgart: Engelhorn Verlag, 1989
(Engelhorn-Bücherei)
ISBN 3-87203-012-4

2. Auflage 1989

Typographische Gestaltung: Brigitte Müller
Gesamtherstellung: Clausen & Bosse, Leck
Printed in Germany

I

»Woronoff!«

Der Adjutant knallt die Hacken zusammen. Der Zar hält die Taschenuhr in der Hand und fährt mit dem Zeigefinger über das Zifferblatt. »In zwei Stunden«, sagt er. »Drei Schlitten. Proviant und so weiter. Sie wissen.« Der Adjutant steht unschlüssig da. So viel hat er begriffen: In zwei Stunden sollen die Vorbereitungen für eine wahrscheinlich längere Reise getroffen sein. Aber um zu wissen, welches die richtigen Vorbereitungen sind, müßte man das Ziel der Reise kennen, und dieses ist ihm unbekannt. Daran, daß er nicht sofort »zu Befehl« sagt, spürt Nikolaus die Frage.

»Ach so«, sagt er. »Ja, nach Berlin natürlich. – Worauf warten Sie noch?«

»Wen geruhen Majestät als Begleitung . . .?«
»Als Begleitung? Überleg ich mir noch. Im übrigen, ich wünsche nicht wieder so langsam zu reisen wie das letztemal.«
»Zu Befehl, Eure Kaiserliche Majestät.«
Sporen klirren, Wendung, ab! – Man hat's nicht leicht, Adjutant zu sein beim Zaren Nikolaus, dem ersten seines Namens auf dem Thron von Rußland. Diese plötzlichen Befehle!
Winterpalais und Marstall leben in ständiger Alarmbereitschaft. ›Wie die Feuerwehr‹, denkt der Adjutant, indem er sporenklirrenden Trabes eilt, die Stellen zu benachrichtigen, von denen aus der Befehl, weiter und weiter verzweigt und verästelt, hingelangen wird bis zu denjenigen, die ihn mit ihrer Hände Flinkheit auszuführen haben. Und derer sind viele.
Kaiserliche Oberkutscher, Kutscher, Stallknechte und Stalljungen purzeln übereinander. Flüche schallen, eine Ohrfeige klatscht, Pferdegeschirr klirrt und knarrt, Hofköche und Küchengehilfen, Kammerdiener und Leibgardisten rennen, teils plan-

voll, teils sinnlos, durcheinander. In einer Tür gibt's einen Zusammenprall, ein fliegendes Tablett, Scherben auf dem Parkett und Flecken auf dem Teppich.

»Langsam!« mahnt hinterher ein alter Diener, Veteran des napoleonischen Jahres *zwölf*. Er hat schon bei drei Kaisern gedient, und jeder hatte eine andere Art, sich zu ärgern. Paul tat es mit einem Stock, Alexander tadelte, Nikolaus schimpft. »Gossudar wird schimpfen«, sagt er, auf die Flecken deutend.

»Ich sage dir, langsam! Aber du hörst nicht.«

»Langsam!« ahmt spöttelnd der Lakai, der die Scherben aufliest, die Sprechweise des Alten nach. »Darf denn bei unserem Väterchen irgend etwas langsam gehen? – Shiwo will er es haben. Das ist sein Lieblingswort. Weißt du, was Shiwo heißt, du Deutscher? Shiwo, das ist so«: – und er macht eine Gebärde, als säße er auf dem Kutschbock und schlüge auf die Pferde ein, daß sie im Galopp gehen, wobei er auch noch das Galoppieren der Pferde nachmacht.

»Ich weiß«, sagt der alte Diener. »Shiwo, das heißt auf deutsch lebhaft, flink.«
»Jawohl«, antwortet der andere. »Und bei unserem Nikolaus heißt das soviel wie: vom Fleck weg im Galopp!«

»Woronoff!«
Wahrhaftig, dieser Adjutant ist immer da, wenn man ihn braucht.
»Sind die Schlitten vor?«
»Sofort werden sie es sein, Eure Kaiserliche Majestät.«
»Ein deutsches Sofort oder ein russisches?« scherzt der Zar.
»Ein russisches nach deutschem Muster«, erwidert lächelnd der Adjutant. Und da er spürt, daß die Antwort gefallen hat – ›sie war auch wirklich vortrefflich!‹ lobt er sich selbst –, wagt er es, die Frage nach den Namen der zur Begleitung befohlenen Herren zu wiederholen. Der Zar nennt ihm die Namen. Drei trifft's: einen Minister, einen Hofbeamten und...
›Bloß nicht mich!‹ denkt der Adjutant. Gott sei Dank, es ist ein anderer. Der Adjutant

weiß aus Erfahrung, daß es kein Vergnügen ist, mit Nikolaus zu reisen.
Der Zar geht, sich von der Zarin zu verabschieden. Der Gang fällt ihm nicht leicht, darum hat er ihn fast bis zum letzten Augenblick hinausgeschoben. Er ist ein liebender Gatte und weiß, daß sie, die unter diesen plötzlichen Abreisen und langen Trennungen leidet, ihm Vorwürfe machen wird. ›Aber ich bin eben kein Privatmann‹, ermutigt er sich. Er bemerkt, daß sie geweint hat. Ihn selber überkommt auf einmal ein weiches Gefühl des Abschiednehmens. Der eigenen Rührung Herr zu werden, gebraucht er pathetische Worte: »Du Tochter des Königs von Preußen«, sagt er, »du Tochter der großen Königin Luise, deren Andenken ich verehre.«
Aber sie geht auf den gezwungenen Ton nicht ein.
»Warum erfahre ich von dieser Reise erst in der letzten Stunde?«
»Weil ich sie selber erst in der vorletzten beschlossen habe«, rechtfertigt er sich.
»Nimm mich mit!«

»Unmöglich, meine Seele.«
»Du weißt, wie sehr ich mich gefreut hätte, Papa und die Brüder wiederzusehen.«
»Aber bedenke, die Winterkälte, die lange Fahrt, deine zarte Gesundheit!«
»Und deine Gesundheit?«
Da lacht er: »Ich bin im Dienst. Ein Soldat erkältet sich nicht.«
Sie nehmen zärtlichen Abschied.
»Sage Papa, ich küsse ihm in Gedanken die Hand.«
»Ich werde es in deinem Namen tun, mit meinen Lippen, so –.« Er hat sich dabei ganz tief gebückt, der große Mann, und als er sich wieder aufrichtet und ihre Hand losläßt, macht sie ihm fromm und feierlich – so hat sie es bei ihrem Übertritt zur russischen Kirche gelernt – das Zeichen des Kreuzes über Stirn und Brust. Es ist ihr ein Trost, daß sie ein Zeichen weiß, das ihn vor allem Ungemach der Reise behüten wird. Er erwidert das Zeichen an ihr, denn auch der Daheimbleibende will behütet sein.
»Mit Gott die Reise!«
»Mit Gott das Dableiben!«

»Alles fertig!« meldet der Adjutant.
Also haben sie es doch noch geschafft, die Befehlenden sowohl wie die Ausführenden: Ein paar Minuten vor der Zeit – denn so gehört es sich bei Hofe – stehen vor dem Hauptportal des Winterpalais drei Schlitten, jeder mit vier Pferden breit bespannt. Es sind herrliche Pferde, Rappen. Die Schlitten sind von der Art, die man »Wasok« nennt, geschlossene Schlitten von geräumigem Innern, daß man in ihnen sich ausstrekken und nachts auch schlafen kann.
Im vordersten wird der Zar fahren in Gesellschaft des dazu ausersehenen Adjutanten. Die beiden andern sind für den Proviant, das Gepäck, zwei Diener und die übrigen zwei Herren des Gefolges, die kaum Zeit gehabt haben, Kamm und Zahnbürste mitzunehmen.
Mit Wohlgefallen betrachtet der Zar die schönen schwarzen Pferde. Schöne Pferde liebt er. Aber schnell müssen sie sein. – »Shiwo!«
Jahrtausendelang hat das Pferd dem Menschen seine Schnelligkeit geliehen. Auf dem

Pferderücken oder hinter dem Pferdeschweif – so jagen die großen Herren und ihre starken Diener über die Erde hin und erobern sich ihre Weite. Von St. Petersburg bis Berlin – es ist ein weiter Weg. Aber für den Zaren von Rußland ist es nur eine kurze Strecke. Vier Pferde, breit bespannt – seit es Cäsaren und Siegesgöttinnen gibt, ist für sie die Quadriga *das* Gespann.

Einen Blick noch wirft der Zar zu einem der Fenster hinauf, hinter dessen von Eisblumen milchig gewordener Scheibe er das Antlitz der Zarin zu erkennen glaubt. Er winkt hinauf. Dann ist er eingestiegen, und ein Lakai hat die Tür des Wasok fest zugeworfen. – »Shiwo!« –

In gestrecktem Galopp geht es den Newski-Prospekt hinunter. Das kaiserliche Gespann wird von weitem erkannt. Zu beiden Seiten der breiten Straße bleiben die Menschen stehen. Zivilisten grüßen, so gut eben Zivilisten das können. Alles, was Uniform trägt, rasselt »in Front«. Generäle erstarren, die Hand am Mützenrande.

›Stillgestanden!‹ denkt der Zar. ›Zum Stillgestanden reicht's. Aber sobald Bewegung hineinkommt, ist die Ordnung hin. So ist Rußland. Wer weiß, was für Unordnungen ich wieder erleben werde beim Pferdewechseln auf den Poststationen.‹

Mit Kummer denkt der Zar daran, daß er die schönen Pferde des Kaiserlichen Marstalles bald wird vertauschen müssen gegen die weniger schönen der Kaiserlichen Post. Denn wohl kann einer eine weite Reise machen in demselben Schlitten, nicht aber mit denselben Pferden.

»Hören Sie«, sagt er zum Adjutanten, »das nächste Mal, wenn ich eine Reise vorhabe, richten wir es anders ein. Wir schicken die nötige Anzahl von Pferden und auch meine Kutscher voraus. Die werden mich auf den Poststationen erwarten. Es wird dann auch so leicht nicht wieder vorkommen, daß das Gefolge hinter mir zurückbleibt, weil die Pferde ungleich sind und man mir natürlich die besten gibt. Wenigstens durch Rußland will ich anständig reisen.«

Der Adjutant, der sich im Wasok allein mit seinem Herrn noch gar nicht heimisch fühlt,

nickt alleruntänigst mit dem Kopf. Was er nickt, ist Zustimmung. Was er denkt, ist es nicht.
›Väterchen‹, denkt er, ›du sprichst von den Vorbereitungen einer künftigen Reise. An die Reise glaube ich, an viele künftige Reisen, aber an die Vorbereitungen dazu glaube ich nicht. Du befiehlst, und wir dürfen uns beeilen. Du läßt dir nicht Zeit zu langsamen Entschlüssen und uns nicht zu bedächtigen Vorbereitungen. Ich glaube, wenn du einmal tot sein wirst, auch dann noch werden wir dich im Galopp auf den Friedhof fahren. Oh, ich bin noch auf einiges gefaßt während dieser Reise. – Woronoff, der Schuft! Wie schadenfroh er grinste, als er mir den Befehl überbrachte.‹
»Ein herrlicher Winter!« sagt der Zar. »Bei solcher Schlittenbahn ist das Reisen ein Vergnügen. Schauen Sie, wir haben die Stadt schon hinter uns. Und diese Ebene vor uns – welche Unendlichkeit! Wenn man einmal ausruhen will, braucht man bloß zu verreisen, möglichst weit.«
›Dich kenne ich‹, denkt der Adjutant.

›Wenn du von deinem ersten Reiseschläfchen aufwachst, fragst du wie ein Kind: Sind wir nicht bald da?‹
»Nur fürchte ich sehr«, redet der Zar weiter, »wir kommen bis Berlin nicht mit dem Schlitten. Auf den deutschen Winter ist kein Verlaß. Und die Königlich Preußischen Postwagen – eine Tortur. Auf alles verstehen sich die Deutschen, nur darauf nicht, sich das Reisen angenehm und bequem zu machen. – Das nächste Mal also verzichten wir auf die Überraschung und bitten, uns eine Hofequipage entgegenzuschicken.«
»Alles jederzeit ganz genau so, wie Eure Kaiserliche Majestät es befehlen«, murmelt der Adjutant.
Ein Stoß des Schlittens, verursacht durch irgendeine Unebenheit des Weges, gibt dem letzten Wort eine übertriebene Betonung. Der Murmelnde hat es, vom Stoß am Zwerchfell erschüttert, herausgebellt: »Befehlen!« – »Sehen Sie«, lacht der Zar, »es stimmt doch nicht ganz, was Sie da sagen. Dieses Loch im Wege, zum Beispiel, hatte ich bestimmt nicht befohlen.«

Der Adjutant lächelt. Was soll man auch sonst darauf erwidern? –
Die Poststation kommt in Sicht, und bald vollzieht sich der erste Pferdewechsel.
Schnell sind die Pferde des Zaren, langsamer die der Post. Schneller als beide ist das Gerücht. Die Pferde haben Beine, aber das Gerücht hat Flügel. So schnell der Zar auch reist, das Gerücht eilt ihm voraus. Irgendwo auf einer der Poststationen werden die richtigen Pferde nicht zur Stelle sein, und es wird ein paar Stunden Aufenthalt geben. Auch wird der Zar nicht alle Nächte im Schlitten schlafen wollen, es wird ihn nach einem ordentlichen Bett und nach richtiger Nachtruhe verlangen. Unterwegs werden Deputationen ihn erwarten, und er wird ihnen Gehör schenken und Zeit opfern müssen. Städte werden zu seinen Ehren flaggen und Bürgermeister Reden halten. Und wenn er auch die Reden kurzerhand abbricht und weiterzufahren befiehlt, das Gerücht wird wiederum einen Vorsprung gewonnen haben und auf der nächsten Poststation früher eintreffen als er selbst.

Sein Weg führt durch die drei Ostseeprovinzen des Reichs, durch Estland, Livland, Kurland. Und vor ihm her eilt das Gerücht: »Der Kaiser kommt!«
»Der Kaiser« – so sagen die Balten. Sie sagen nicht »der Zar«. Das klänge ihnen zu russisch. Sie sind keine Russen, sie, die als kleine Könige auf ihren großen Gütern leben, mit ihren lettischen und estnischen Untertanen. Sie sind Deutsche. Und das hindert nicht, daß sie ihm, der über viele Völkerschaften herrscht, den schuldigen Respekt erweisen, als treue Vasallen ihrem Lehnsherrn. Mehr als Treue, mehr als Respekt, mehr als alleruntertänigster Gehorsam ist das, was sie ihm entgegenbringen. Er bevorzugt sie, er zeichnet sie aus, er erhebt sie in die höchsten Stellen. Sie genießen, viel beneidet, seine besondere Gunst. Aber das allein ist es nicht, was ihre Herzen ihm entgegenschlagen macht. Es ist etwas in seinem Wesen, das mit Stolz erfüllt, ihm untertänig sein zu dürfen. Das ist es: daß dieser »Selbstherrscher aller Russen« ein *Herr* ist. *Herren* sind sie selbst auch. Und darum verstehen

sie ihn und fühlen sich von ihm verstanden. Und darum freuen sie sich, wenn es heißt: »Der Kaiser kommt!«
Wer hat die Kunde gebracht, wer hat sie weitergegeben? Kommt er zu uns? Wird er bei uns Aufenthalt nehmen? Nein? – Nur auf der Durchreise? Schade! – Wann kommt er? Haben wir Zeit zu Vorbereitungen, daß wir ihm, solange er durch unser Land fährt, jede Höflichkeit erweisen, ihm, soweit es in unseren Kräften steht, das Reisen bequem und angenehm machen könnten? – – – Was!!! Ist er schon so nah??? –
Die Posthalter geht es am ersten an. Sie stürzen in ihre Ställe – »He, ihr Postillione, ihr Pferdeknechte und Stalljungen! Tummelt euch! Zwölf Pferde werden gebraucht, die besten vier für Seine Majestät. Die Bürsten her, die Striegel! Das Lederzeug geölt, das Eisen blankgeputzt! Der Kaiser liebt die Sauberkeit, und Ordnung will er sehen. Setzt euch die Postillionsmütze nicht wieder schief auf den Kopf! – Vorn muß der Adler sein, nicht hinten. Und jetzt noch einmal Futter in die Krippen! Heut wird mit Hafer

nicht gespart. Und bindet euch noch einen Knoten in die Peitschenschnur. Der Kaiser fährt schnell. Langsamer als im Galopp mag er gar nicht fahren. Zeigt, daß auch Postpferde laufen können, wenn es gilt, den Kaiser zu ziehen!«

Der Hauptmann vom Hauptmannsgericht hat's auch gehört. Er schickt seine Referendare und Assessoren aus, auf den Gütern die Gutspolizei mobil zu machen. – »Herunter von den Öfen, ihr Bauern, ihr Winterschläfer! Hinaus auf die Landstraße! Hier den Schnee müßt ihr vom Wege fortschaufeln, weil er zu hoch liegt. Dort müßt ihr ihn vom Felde heranholen, weil der Wind die Stelle leergefegt hat, daß der nackte Sand zum Vorschein kommt, der das Gleiten der Kufen behindert. Macht hurtig, ehe es dunkel wird! Der Kaiser kann noch in dieser Nacht hier durchkommen.«

Und die Gutsbesitzer hören es.

»Man kann doch den Kaiser nicht mit Postpferden fahren lassen«, sagen die Gutsbesitzer. »Wer von uns fährt denn jemals mit Postpferden, wenn er mit eigenen fahren kann? Es versteht sich von selbst, daß wir ihm unsre Pferde zur Verfügung stellen, und natürlich die besten. Zwar soll einmal ein Ukas herausgekommen sein, der das verbietet. Aber warum? Hat man Angst, daß wir dem Kaiser junge wilde Pferde geben, die mit ihm durchgehen? – Nun, wenn wir die richtigen Pferde haben, so werden wir wohl auch die richtigen Kutscher dazu haben. Dem Kutscher setzt man die Postillionsmütze auf. Dann ist die Form gewahrt, und niemand fragt nach dem Ukas. Es wäre eine Schande für uns, wenn der Kaiser durch unser Land schlechter fahren sollte, als wir selber fahren.« – »Kutscher, he! Vier Pferde aus dem Stall und auf die Poststation!« –

Im Stalle des Gutes Wieckeln stehen vier Apfelschimmelstuten. Sie sind zusammen der schönste Viererzug von ganz Kurland. Sie heben einen Augenblick die Köpfe von den Krippen, hören zu fressen auf, spitzen die Ohren. Ihre rosigen Nüstern zittern. Haben die Pferde im Stall es auch gehört? – »Der Kaiser kommt!« –

II

Der Besitzer des Gutes Wieckeln und somit auch der Apfelschimmelstuten, Baron Wok, »der Wieckelnsche« genannt – ein Herr mit sehr gepflegtem, am Kinn gespaltenem grauen Bart –, saß in seinem Arbeitszimmer, dem unteren Turmgemach des Herrenhauses, am Schreibtisch und öffnete den Umschlag eines Briefes, der ihm durch einen Boten überbracht worden war.

Den Brief hatte seine Frau geschrieben. Die Baronin Wok war für mehrere Tage zur Stadt gefahren, um Verwandte aufzusuchen und Einkäufe zu machen. Da die Verabredung bestand, daß die Frau am nächsten Tage zurückkommen sollte, fand der Baron es überflüssig, daß sie ihm vorher noch schrieb. Was konnte es schon so Eiliges

mitzuteilen geben? Gegen Eiliges war er von vornherein eingenommen.
Vor ihm auf dem Schreibtisch lag aufgeschlagen ein dickes Buch. Rechts und links davon standen zwei silberne Leuchter mit je drei dunkelgelben Kerzen, die ruhig leuchteten und angenehm dufteten. Das Wachs der Kerzen war von den eigenen Bienen.
Im Hintergrunde des Raumes, im Kamin, brannten, zu einer Pyramide zusammengestellt, Scheite vom Stobbenholz der Kiefer, harztriefend und üppig in Flammen. Im Gegensatz zu den stillen Kerzen gebärdeten sich die brennenden Scheite geräuschvoll mit Knistern, Knacken und Zischen. Es waren winterliche Geräusche.
Während der Baron, im Stuhl zurückgelehnt, mit der linken Hand den Brief vor sich hinhielt, ihn zunächst mehr betrachtend als lesend, konnte seine Rechte es nicht lassen, an der Schraube eines Instrumentes zu fingern, mit dem sie sich vorher beschäftigt haben mochte, ehe sie gezwungen worden war, gemeinsam mit der Linken den Brief zu öffnen und zu entfalten. Sie war,

während die Linke bei ihrer Pflicht blieb, zu ihrem Vergnügen zurückgekehrt.
Offenbar also war der Brief nicht imstande, die ungeteilte Aufmerksamkeit seines Empfängers auf sich zu lenken. Dafür aber lenkte das Instrument, gelb-metallen, alle Lichter, die in dem Raum ihr Spiel trieben, auf sich, die ruhigen der Kerzen wie auch die bewegten des Kaminfeuers, so daß es recht zu einem Glanzpunkt wurde, vor dem die übrigen Gegenstände des als »Herrenzimmer« ausgestatteten Raumes, die Bücher auf den Regalen, die Bilder an den Wänden und die Flinten in ihrem Schrank, bescheiden zurücktraten.
Dieses also sehr blanke Instrument hatte seinen Stand auf einem kleinen hochbeinigen Tisch, der, neben den Schreibtisch gerückt, ihn ein wenig überragte. Es bestand in der Hauptsache aus einem Rohr, vielmehr aus mehreren ineinandergeschobenen Rohren von verschiedener Dicke. In seinem Schwerpunkt wurde es gehalten durch ein Bein, das sich nach unten in drei Füße spaltete. Allerlei Schrauben und Gelenke gaben dem Gan-

zen eine gewisse Beweglichkeit, wenigstens Verstellbarkeit. Ein Fernrohr war's. Der Baron hatte es sich von seiner letzten Reise aus Berlin mitgebracht. Es war sein Stolz und sein Heiligtum. Niemand außer ihm durfte es in seinen hölzernen, mit grünem Tuch ausgeschlagenen Kasten tun oder daraus hervornehmen, selbst Schanno nicht, Schanno, der alte Diener, der doch nie etwas zerbrach und für den Metall zu putzen die Freude seines Alters war.

Das Buch, das zwischen den Leuchtern aufgeschlagen auf dem Tisch lag, und das Fernrohr auf seinem Dreifuß standen zueinander in Beziehung. Denn das Buch war ein Werk über Astronomie, und das Fernrohr war dazu da, die Sterne am Himmel zu beobachten. Die Astronomie war die Liebhaberei des Barons. Die aufgeschlagene Seite des Buches handelte von den Ringen des Saturn. Auf ihn wollte der Baron das Rohr richten, sobald die Stunde dafür günstig wäre. In diesem Vorhaben sah sich der Baron durch den Brief seiner Frau gestört. Grund genug, ihn ungern zu lesen.

Der Brief begann mit Neuigkeiten aus der Stadt: ein paar Verlobungen, ein paar Duelle, ein bißchen gesellschaftlicher und ein bißchen politischer Klatsch.
›Dies hätte doch wohl Zeit gehabt bis morgen‹, dachte der Baron.
Aha, nun kam's: »Du wirst gewiß damit einverstanden sein« (›also wahrscheinlich nicht‹, dachte der Baron schnell), »daß ich schon alles besorgt habe, was wir für Evas Aussteuer brauchen.«
Der Baron ließ den Brief sinken, und auch das Spiel an der Schraube des Instruments hörte auf. Er war wütend. Ja, war denn diese Verlobung seiner Tochter schon eine feststehende Tatsache? Nur weil Mama es so beschlossen hatte?
War er denn überhaupt gefragt worden? Und Eva selber? Schließlich hatte sie dabei doch auch ein Wörtchen mitzureden.
Auch wenn man erst sechzehn Jahre ist, man wird doch gefragt. Und das war nicht geschehen, nicht einmal von seiten dessen, der um sie warb.
Paul von Kiesenbach war ein schüchterner

Freier. Sonst war gegen den jungen Mann als Schwiegersohn nichts einzuwenden. Hatte in Dorpat studiert. Jura, wie es sich gehört, war Assessor am Hauptmannsgericht und im übrigen ein wohlerzogener junger Mann aus guter Familie. Daß er kein Gut und kein Vermögen besaß, machte nichts. Eva, einziges Kind und künftige Erbin von Wieckeln, hatte es nicht nötig, auf eine gute Partie zu warten.

Die Schüchternheit konnte der alte Herr dem jungen Manne nachfühlen. Es gehörte Mut dazu, um Eva zu werben. Wenn die einmal ihren Mann ebenso kutschierte, wie sie es verstand, mit Pferden umzugehen...

Von wem sie das nur hatte? Von ihm, dem Vater, jedenfalls nicht. Kutscher Krisch war ihr Lehrmeister und genoß mehr Autorität bei ihr als Vater und Mutter zusammen. Da stand im Stall »das Viergestirn« – so hatte der Baron die vier Apfelschimmelstuten getauft –, die Enkelinnen des Araberhengstes Hasso: Stella, Luna, Kometa und Planeta. Sogar das Viergestirn durfte man ihr anvertrauen, natürlich nur, wenn Kutscher

Krisch neben ihr auf dem Bock saß, daß er rechtzeitig in die Zügel greifen konnte, wenn's nötig war.
Der Baron klingelte. Er benutzte dazu ein silbernes Glöckchen, das seinen Platz zwischen Tintenfaß und Streusandbüchse hatte. Sofort war Schanno zur Stelle. Immer befand sich Schanno in Hörweite des Glöckchens. »Ruf mir das gnädige Fräulein.«
Schanno verschwand, geräuschlos, wie er gekommen war. ›Wir lassen uns nicht überrumpeln‹, sagte sich der Baron. Mochte die Mama zehn Aussteuern einkaufen, deshalb brauchte die eine Eva sich noch lange nicht zu verloben. Dies wollte er der Tochter klarmachen, daß sie sich auf den Vater verlassen konnte, wenn sie lieber nein als ja sagte. Im stillen hoffte er, sie werde nein sagen. Nicht daß er etwas gegen Paul von Kiesenbach gehabt hätte. Er hatte etwas schlechtweg gegen jeden Mann, der ihm die Tochter wegnehmen wollte.
Schanno kam mit dem Bescheid zurück, im Zimmer des gnädigen Fräuleins brenne kein Licht mehr, offenbar sei das gnädige Fräu-

lein schon schlafen gegangen. Ob er sie wekken solle?
»Nicht nötig«, sagte der Baron. ›Sie träumt vom Pferdestall und nicht vom Heiraten‹, dachte er. ›Sie ist eine kleine Amazone, meine Eva. Sie wird sich einmal den Mann holen, der zu ihr paßt. Mama soll die Aussteuer einmotten!‹
Er begann, im astronomischen Buch zu blättern. Aber da lag der Brief, der noch nicht zu Ende gelesen war.
Die Baronin schrieb: »Hier geht das Gerücht um, der Kaiser befinde sich auf der Reise nach Berlin. Wenn das zutrifft, dann wäre es möglich, daß der Kaiser diesmal über Polangen fahren würde und nicht über Tauroggen, da in Litauen die Schlittenbahn schlechter sein soll als in Kurland. In diesem Falle käme er auch bei uns vorbei, und dann wirst Du ihm natürlich unsere Pferde geben wollen. (– ›Um was alles Mama sich Sorgen macht!‹ –) Darum ist es gut, daß ich morgen zurückkomme. Vielleicht willst Du ihm Bob und Boy schicken, und Kutscher Krisch ...«
Hier schlug der Baron mit dem Brief auf

den Tisch. ›Um alles kümmert sie sich. Jetzt kümmert sie sich schon um den Pferdestall –.‹
Aber der Brief hatte noch eine Nachschrift. »Vielleicht komme ich auch schon in der Nacht zurück. Eine mir selber unerklärliche Unruhe ...« Ach ja, unerklärliche Unruhe gab's bei der Mama immer. Daß Eva sich verloben sollte, daß die Aussteuer schon vorher besorgt werden mußte ... Aber bei ihm gab's keine unerklärliche Unruhe, jedenfalls heute abend nicht. Da lag das Buch, und die aufgeschlagene Seite handelte von den Ringen des Saturn. Hier stand das geliebte Instrument, das Fernrohr, und dort auf dem Kamin der Himmelsglobus mit allen Sternbildern. Der Baron schob den Brief, der nun keine weiteren Nachschriften mehr enthielt, beiseite, griff zum Buch, blätterte darin einige Seiten um und fand an Hand einer Tabelle die genaue Angabe, an welcher Stelle des Himmels der Saturn gegenwärtig zu finden wäre. Dann stand er auf, holte vom Kamin den Globus herab, betrachtete ihn liebevoll und suchte das Sternbild des Löwen auf.

Hier! – er hielt den Finger auf die Stelle – hier steht er heute! Und der Löwe ist eben jetzt um diese Stunde bequem zu beobachten, da er dem Fenster grad gegenübersteht.

Unwillkürlich blickte der Baron zum Fenster hin, so als könnte der Löwe am Himmel auch durch die geschlossenen Scheiben zu sehen sein. Aber die Winternacht, die, frostklar mit Schnee und Sternen, draußen noch ihre Helligkeit haben mochte, erschien vom erleuchteten Zimmer aus vollkommen schwarz, bar alles Lichts. Das Fenster, in die Tiefe der Mauernische gebannt, stand tief und leer da, ohne Anteil an der Lebendigkeit des Raumes, als sei es im Hintergrunde der Dinge ein Stück von einem großen Nichts.

Indem aber der Baron durch eine zufällige Bewegung den Platz, an dem er stand, ein wenig änderte, gewahrte er im Ausschnitt des Fensters eine Lichterscheinung, vor der er erschrak, als habe er am Himmel ein Wunder erblickt. Fast wäre der Globus ihm aus den Händen gefallen. In den Zwischenräumen des Fensterkreuzes war ihm ein Sternbild erschienen von einer Kraft des Glanzes wie kein zweites am Himmel: Sechs Sterne, zu zwei länglichen Dreiecken geordnet, von unten her nach oben durchwallt von leuchtenden Nebeln, wie Ruhe, die von Unruhe durchtobt wird.

Welch ein Anblick! – Aber nur einen Augenblick, kürzer als Puls und Pendel schlagen, währte die Täuschung. Dann erkannte er es: Es war ja nichts als die Spiegelung der Kerzen auf dem Schreibtisch, zum Bilde vereint mit dem Feuer im Kamin.

›Da haben wir die Erklärung‹, sagte sich der Baron. ›Und so ist es wahrscheinlich mit allen Dingen, die uns wunderbar erscheinen, solange wir nur ihre Spiegelungen sehen. Die Dinge selber sind gar nicht wunderbar.‹ Er verlor sich in diesen Gedankengang. Als er aber sein eigenes blasses Bild neben dem Sternbild im Fenster auftauchen sah, wurde die Sache ihm unheimlich. ›Das Fenster ist heute wie ein Auge, das nach innen blickt‹, dachte er. ›Da sieht man merkwürdige Dinge.‹

Er stellte den Globus auf den Kamin zurück, ging tapfer auf das unheimliche Fenster zu, rückte das Tischchen mit dem Fernrohr in die Nische und öffnete das Kappfenster. Weil das viele Licht die Beobachtung gestört hätte, blies er fünf von den Kerzen aus. Eine blieb brennen. Das genügte, um das Instrument zu handhaben.

Nun schaute er durch die Fensteröffnung, die ihm die Sicht auf den Himmel freigab, und freute sich, wie bald sich ihm das Dunkel lichtete. Schon lösten sich schattenhaft die Bäume des Parks vom tiefen Schimmern der Luft, und auch die Sterne, die wirklichen, begannen für das sich schärfende Auge einer nach dem andern aus dem scheinbaren Nichts in ihr leuchtendes Dasein zu treten. Von Augenblick zu Augenblick nahm ihre Zahl und Pracht zu. Noch suchte er vergeblich nach dem Löwen. Sollte er sich geirrt haben? Stand der noch weiter links?

Die Luft strömte ihn an wie ein Bad. Sie brachte Schneegerüche mit. Der Baron fand, es rieche nach Sternen.

Er hatte, den Kopf in der Fensteröffnung, die Schritte nicht gehört, die durch das stille Haus bis vor das Turmgemach gekommen waren. Jetzt hörte er an der Tür klopfen. Gleichzeitig fing etwas unter dem Schreibtisch an, sich bemerkbar zu machen. Es knurrte. So klopfte Schanno, wenn er ungerufen kam, um eine Meldung zu machen. Und wenn der alte Hühnerhund Punsch unter dem Schreibtisch knurrte, dann kam Schanno nicht allein, sondern brachte einen Fremden mit.

Der Baron zog den Kopf vom Fenster zurück. »Herein!« rief er, im vorhinein unwillig über die Störung.

Schanno trug ein Licht. Hinter seinem grauen Kotelettenbärtchen wurde ein brauner Schnurrbart sichtbar, der zu einer in der ganzen Umgegend bekannten Persönlichkeit gehörte.

Es war der Schemmenwirt, kurz »Schemme« genannt, Posthalter der Station, die der »Schemmenkrug« hieß und auf Wieckelnschem Grunde lag, drei Werst vom Herrenhause entfernt. Schemme mußte die Strecke

gelaufen sein, denn er war so atemlos, daß er nicht sprechen konnte.
»Was ist denn mit dir los?« fragte der Baron.
»Der Kaiser kommt!« stieß Schemme hervor.
Der Baron kämpfte in sich ein Gefühl nieder, das sich gern in dem Ausruf Luft gemacht hätte: »Hol ihn der Teufel!« Weil es sich aber für einen baltischen Edelmann nicht schickte, seinen Kaiser zum Teufel zu wünschen, darum sagte er: »Möge Seine Majestät glücklich reisen! – Und was willst du von mir?«
»Pferde«, antwortete Schemme.
»Pferde«, wiederholte der Baron gedehnt. »Pferde? Meine Pferde willst du für den Kaiser haben. Weißt du nicht, daß das verboten ist? Aber es versteht sich, daß du sie kriegst. Wieviel brauchst du?«
»Wenigstens vier«, antwortete Schemme mit weinerlicher Stimme. »Für den Kaiser selber. Es sollen noch zwei Schlitten folgen, aber die sind irgendwo steckengeblieben. Und bis die kommen – –« Er beendete den Satz nicht.

»Schön«, sagte der Baron. »Also morgen, wenn Krisch zurück ist.«
»Ich kann nicht bis morgen warten«, sagte Schemme.»Um Mitternacht kann er schon hier sein.«
»Und was ist denn mit deinen Pferden?« fragte der Baron. »Alter Freund, da stimmt was nicht. Du zitterst ja.«
»Ich zittere vor Frost«, antwortete Schemme. »Und der Frost ist daran schuld, daß die Pferde nicht richtig sind. Er macht die Hufeisen so glatt.«
»Und dir die Nase rot. Geh jetzt! Ich will dich nicht mehr sehen.«
Schanno schob den Schemmenwirt hinaus. Der Baron empfand einige Befriedigung darüber, wenigstens den Überbringer der unbequemen Botschaft los zu sein. Die Botschaft selber ließ sich nicht hinausweisen. Konnte der Kaiser nicht zu gelegenerer Zeit reisen? Mußte die Frau gerade jetzt in der Stadt die überflüssige Aussteuer besorgen und ihm dazu zwei gute Pferde und seinen Kutscher wegnehmen? Jetzt hatte er dem Schemme, diesem versoffenen Kerl, Pferde

versprochen für den kaiserlichen Schlitten, ein Viergespann. Natürlich hatte er ja eines, womit er bei jedem Kaiser oder König hätte Ehre einlegen können. Das Viergestirn. Aber was nützte ihm das, da eben Kutscher Krisch nicht da war? Er überlegte. Was hatte er sonst noch im Stall? – Von den Reitpferden abgesehen, blieben nur noch Kulle und Krakuse übrig. Aber mit denen hatte er sich auf dem letzten Pferdemarkt betrügen lassen. Sie taugten nichts, und meistens war das eine oder das andere oder waren beide gleichzeitig lahm. Mit denen war kein Staat zu machen. Und sonst? – Der Klepperstall, die Arbeitspferde. Im Notfall ... aber das ging denn doch nicht an, daß man dem Kaiser vier Arbeitspferde vor den Schlitten spannte.

Warum mußte auch Eva ausgerechnet heute so früh zu Bett gegangen sein? Mit ihr hätte man wenigstens sprechen können. Sie kannte ja seinen Pferdestall besser als er.

Der Baron sah auf die Uhr. Bis Mitternacht waren es noch zwei und eine halbe Stunde. Also war ja das alles noch gar nicht so eilig.

Man mußte sich nur nicht unnütz in Eile bringen lassen! Er trat in die Fensternische zurück. Das Kappfenster stand noch offen. Und schneller als vorher gewöhnte sich sein Blick an die Nacht.
Ja, da stand er am Himmel, in seiner ganzen Pracht und Größe, der Löwe! Und in dem wohlbekannten Sternbilde als nicht Dazugehöriger ein heller, grünlich schimmernder Stern. Das mußte der Wandler sein, der Saturn. Aber noch befand er sich ein wenig zu weit links. In etwa einer halben Stunde würde er noch bequemer in das Sichtfeld von Fernrohr und Kappfenster rücken. So war noch nichts verpaßt. Dies war tröstlich.
Wäre der Baron ein Anhänger der Astrologie gewesen, er hätte wohl den Burschen da am Himmel selber verantwortlich gemacht für die Störung. Denn bekanntlich schreiben ja die Astrologen dem Saturn die Eigenschaft zu, unsere Unternehmungen zu hindern oder doch wenigstens zu verlangsamen und zu erschweren. Aber der Baron war ein Mann der Wissenschaft, nicht des Aberglaubens, wie er die Lehre von der Schicksalsbe-

deutung der Sterne nannte. Und darum gab er die Schuld nicht dem Saturn, sondern dem Kaiser und seiner Frau und schließlich auch seiner Tochter Eva, weil die schon schlief, statt ihm die Last der Entschlüsse abzunehmen. Mit Eva mußte er sprechen, und so entschloß er sich, sie zu wecken. Seufzend schloß er das Kappfenster und ergriff den Leuchter mit dem einen brennenden Licht.

Nachdem sein Herr das Zimmer verlassen hatte, kroch Punsch, der alte Hühnerhund, steifbeinig unter dem Schreibtisch hervor, ging, Wärme suchend, zum Kamin, fand die zusammengesunkenen Scheite nur noch glimmend, starrte schwermütig, wie von Erinnerungen heimgesucht, in die verlöschende Glut, senkte den Kopf, beroch das Elchfell, von dessen erwärmtem Haar immer noch ein leiser Wildgeruch aufstieg, wählte sich die weichste Stelle zum Schlafen und begann sich hinzulegen. Erst aber erfüllte er noch seinen Hunderitus, indem er sich dreimal um sich selber drehte, so als habe er unter den Füßen nicht das Fell eines

erlegten Tieres, sondern Gras der wogenden Steppe, in der seine fernsten Ahnen gejagt und geschlafen haben mochten zu jener Zeit, da sie noch wilde Hunde waren und an keinen Menschen glaubten.
Die Sitten der Ahnen soll man ehren. Und vielleicht war es ein Traum von jener fernen Steppenvergangenheit, der Punschens Füße im Schlaf zucken und seine Kehle leise bellende Töne hervorstoßen ließ.

»Eva!«
»Was ist los?«
»Starr mich nicht an, als ob du ein Gespenst sähest!«
»Warum weckst du mich, Papa?«
»Der Kaiser kommt.«
»Wann?«
»In zwei Stunden kann er am Schemmenkruge sein.«
Eva begriff, ohne erst weiter zu fragen.
»Du wirst ihm natürlich das Viergestirn schicken«, sagte sie.
»Ja, mit wem denn, bitte?«
»Warum nicht mit Krisch?«

»Weil Krisch mit Mama in der Stadt ist, Kindskopf.«

»Richtig«, sagte Eva gedehnt. »Also dann fahre ich.«

»Du bist wohl ganz verrückt!«

»Verrückt bin ich nicht. Und du weißt es selber – mit dem Viergestirn kann niemand fahren außer Krisch und mir.«

»Also bleibt es zu Hause. Es ist zum Verzweifeln.«

»Warte«, sagte Eva. – »Wenn du nicht vier schicken kannst, schickst du bloß zwei. Bob und Boy gehen mit jedem fremden Paar. Es sind gute Pferde.«

»Kind, mach mich nicht wahnsinnig«, rief der Vater. »Bob und Boy sind doch auch mit Mama weg.«

»Das kommt davon«, sagte Eva, und, indem sie an den Zweck der mütterlichen Reise zur Stadt dachte: »Meinetwegen brauchte sie keine Einkäufe zu machen.«

»Ich werde Kulle und Krakuse schicken«, beschloß der Vater, »und zwei gute Klepper dazu.«

»Ausgeschlossen«, sagte Eva. »Kulle und

Krakuse sind eine Schande für den ganzen Stall.« Sie sah des Vaters hilflose Miene und fing plötzlich an zu lachen.
»Warum lachst du?«
»Weil ich mich freue.«
»Worüber freust du dich?«
»Daß Mama nicht zu Hause ist.«
»Warum freut dich das?«
»Weil Mama es nicht erlauben würde.«
»Was würde Mama nicht erlauben?«
»Daß ich den Kaiser fahre.«
»Das erlaub ich auch nicht«, sagte der Vater in einem Ton, der keinen Widerspruch duldete.
Es folgte dann auch kein Widerspruch. Nur daß Eva sich im Bett aufrichtete, den rosigen Arm um den grauen Nacken des Vaters schlang, seinen Kopf zu sich herunterzog und ihn mitten in den Bart hinein auf den Mund küßte.
»So«, sagte sie, »und jetzt geh, damit ich mich anziehen kann.«
»Ich erlaub es dir auf keinen Fall«, sagte der Vater, indem er den Leuchter ergriff, um hinauszugehen.

»Halt«, rief Eva, »gib mir erst noch Licht.« Dies wäre der Augenblick gewesen, in welchem Baron Wok zu seiner Tochter hätte sagen können: »Wozu brauchst du Licht? Schlaf weiter.« Das sagte er aber nicht, sondern hielt ihr die tropfende Kerze hin, daß sie ihr Licht daran entzündete.
»Auf keinen Fall«, wiederholte er im Hinausgehen. Und dann blieb er noch einen Augenblick in der Tür stehen und sagte, indem er den Leuchter anredete: »Ich fahre selbst.«

Eva begann sich anzukleiden. Der Vater tat ihr leid. Sie wußte: dies war sein schwacher Punkt und seine wunde Stelle. Er verstand es nicht, mit Pferden umzugehen. Wenn er, was selten vorkam, dem Kutscher Krisch die Leinen aus der Hand nahm, dann tat er es nur, um sich selber seine Schwäche nicht einzugestehen. Und niemandem geschah's zur Freude. Die Mutter war in Angst,die sie aber nicht zeigen durfte. Und die Pferde kamen schweißbedeckt nach Hause und waren tagelang danach nervös,

daß auch Krisch und Eva ihren Ärger mit ihnen hatten.
Nein, es war ausgeschlossen, daß Papa mit dem Viergestirn den Kaiser fuhr. Was für ein Unglück konnte daraus entstehen! Und nachher hätte es geheißen, die Balten haben den Zaren umgebracht. Daß der Vater seinen Vorsatz, den er dem Leuchter mitgeteilt hatte, am Ende wirklich ausführen könnte, darüber machte Eva sich keine Sorgen. Sie kannte ihren Vater. Aber kannte sie sich selbst? – Es liegt eine große Verführung der Jugend darin, sich selber kennenzulernen.
Die Ehre des Hauses verlangt, daß man dem Kaiser die besten Pferde gibt. Und alles, was die Ehre angeht, versteht sich von selbst.
Als Baron Wok in sein Schreibzimmer zurückkehrte, klopfte Punsch zu seiner Begrüßung mit dem Schwanz auf das Elchfell. Er wußte aus Erfahrung: Wenn man mit dem Schwanz klopft, wird man nicht so leicht getreten. Der Baron ergriff das silberne Glöcklein und klingelte. Schanno erschien. »Wekke den Stallmeister. Er soll die beiden besten

Arbeitspferde nehmen und Kulle und Krakuse. Die vier soll er zur Poststation führen. Sofort! – Nachher kannst du schlafen gehen.«

Und jetzt fand Baron Wok, den irdischen Dingen sei Genüge getan und nichts verbiete mehr, sich den himmlischen zuzuwenden. Hier auf der Erde, bei Tag und bei Nacht geschah das Unerwartete, das Unvorhersehbare. Am Himmel war Ruhe und Ordnung und seliges Gleichmaß. Hier fuhren Kaiser wild durch die Nacht. Dort wandelten Gestirne. Hier war man nie vor Überraschungen sicher, dort konnte man sich auf Tabellen verlassen. Hier verging die Zeit, und man wurde alt, und die geliebte Tochter wollte ein fremder junger Mann aus dem Hause führen. Mama machte Einkäufe in der Stadt, und Kutscher Krisch war nicht da, wenn man ihn brauchte. Dort war man der Dinge und ihres Erscheinens sicher. Am Himmel war die Zeit so groß, daß ihr die kleinen irdischen Uhren und Kalender nichts anhaben konnten. In dreißig Jahren schwingt der Saturn um die Sonne. Es ist, als ob der Pendel der Uhr einmal hin und her schlüge.

Über der Aufregung und Unruhe der letzten Ereignisse war kaum eine halbe Stunde vergangen. Die Uhr zeigte auf zehn. Jetzt eben mußte Saturn an der für die Beobachtung günstigsten Stelle des Himmels stehen. Nun keine Zeit mehr verloren! Schnell das Kappfenster wieder geöffnet, einen Blick auf den Himmel geworfen und das Fernrohr in Stellung gebracht!

Der Baron mußte, um hindurchzuschauen, hinknien. Er drehte mit Freuden an der Schraube, bis er ein paar Sterne scharf als kleine Punkte sah. Dann rückte er, über das Rohr visierend, bis er ihn hatte. – Das war er, der Saturn, unverkennbar an seiner einzigartigen Gestalt, mit keinem andern Stern am Himmel zu verwechseln.

Er spürte nicht den Frost der Nachtluft, er hörte nicht Punschens leises Stöhnen im Schlaf. Es konnte ihn nichts mehr stören.

Er sah ihn, den Stern mit den Ringen, wie er langsam durch den engen Gesichtskreis des

Fernrohrs wandelte. Und dieses langsame Wandeln durch den Kreis – die Bewegung wiederholte sich, sooft der Baron die Richtung des Rohrs, dem Sterne folgend, änderte –, das war so wunderbar, als offenbare darin der Raum selber seine Geheimnisse. Ja, das ist Weltenraum, ist Sternenwandel und Sonnensystem und kosmische Ordnung, ist Gottes erhabene Schöpfung im großen.
Für den in diesen Anblick Versunkenen gab es nicht Kaiser, nicht Pferde, nicht Tochter mehr. Wo waren sie hin? – Stäubchen im Weltenraum. Saturn, der umgürtete Ball, war Herr der Stunde.

III

Der Baron glaubte nicht an die Astrologie. Und mancher andere weiß nichts von ihr. Es ist eben so, daß der eine den Dingen wissenschaftlich auf den Leib rückt, und der andere ahnt nicht einmal, daß unter den Sternen am Himmel einer ist, der einen Bauchring trägt. Und vielleicht sind beide so, jeder auf seine Art, gegen allerlei Ausstrahlungen und Einflüsse, die für andere bedenklich sein mögen, gefeit – der eine durch seine Unwissenheit und der andere durch sein Fernrohr. Denn Unwissenheit schützt, das weiß man, vor vielen Irrtümern, und vor dem strengen Blick der Wissenschaft flieht der abergläubische Spuk, wenn anders er nicht, wie manche meinen, gut maskiert, sich in die Wissenschaft selber hineinver-

steckt und dadurch wieder seinen Verfolgern entgeht. Jedenfalls – am unsichersten ist es immer, von den Dingen etwas, aber nicht genug zu wissen.
Saturn also sah in ein Menschenauge hinein. Er sah aber auch auf die Poststraße hinab, an der der Schemmenkrug lag. Und weil er sozusagen überall hinschien, darum schien er auch auf Schemmes Kopf. Aber Schemme hatte die Pelzmütze auf, die aus Hasenfell mit den Ohrenklappen, und da geht so leicht nichts durch.
Schemme stand vor seinem Hause. Er stand, als wäre er im Stehen eingefroren. Die einzige Bewegung, die von ihm ausging, war sein Atem, der sich im Schnurrbart als Rauhreif festsetzte, die Enden herabziehend, daß sie zu beiden Seiten des Kinnes als Eiszapfen hingen. Und an diesem Schnurrbart, wenn nicht schon an seinem Namen, haben wir ihn als denselben wiedererkannt, der den Baron um Pferde bat.
Schemme dachte nach. Richtiger wäre es, zu sagen: er wartete darauf, daß ihm ein rettender Gedanke käme. Zugleich horchte er in

die Nacht hinaus, ob nicht von irgendwoher Schlittenschellen oder das leise Getrappel von Pferdehufen im Schnee vernehmbar würden. Nichts regte sich. Nur der Schnee knirschte, als Schemme, indem seine Erstarrung sich ein wenig zu lösen begann, das Gewicht des Körpers von dem einen Fuß auf den andern verlegte.
Ja, wie war das nun gewesen? Hatte der Baron ihm Pferde versprochen oder hatte er ihn bloß beschimpft und rausgeschmissen? Was lag am Rausschmeißen, wenn er nur die Pferde bekäme!
Seine drei Postillione und der Stalljunge Micks waren auch noch nicht zurück. Er hatte sie nach allen Richtungen hinausgeschickt, zu Bauern und Gutsherren: Pferde! Pferde! Gebt mir Pferde!
Schemmes Stall war leer. Von den vierundzwanzig Pferden seiner Poststation stand kein einziges darin. Wer erbarmte sich seiner? Die Sterne jedenfalls nicht. Sie blinzelten auf seine Pelzmütze herab. Darunter verbarg sich ein schuldiges Haupt. Es verhielt sich nämlich nicht so, wie Schemme es

dem Baron dargestellt hatte, daß bloß der Hufbeschlag der Pferde nicht in Ordnung war, sondern – die Pferde waren einfach nicht da.
Und woher kam das? Es kam daher, daß Schemme einer Versuchung nicht hatte widerstehen können, der Versuchung, auf Grund seiner amtlichen Machtvollkommenheit als Posthalter ein nettes kleines, nein, ein recht ansehnliches privates Geschäft zu machen.
Der Teufel hole den Holzhändler Blum! – Blum hatte in der Gegend Holz gekauft, Bauholz aus dem Walde. Es lag ihm viel daran, die gute Schlittenbahn auszunützen, um das Holz, die schönen glatten Stämme, zur Stadt zu führen. Dort war Nachfrage danach, und Blum befürchtete, andere Holzhändler könnten ihm zuvorkommen. Darum mußte die Abfuhr schnell vor sich gehen, möglichst an einem Tage. Mit dem Holzfahren verdienten sich die Bauern ein schönes Stück Geld. Und Blum hatte es dem Schemme klarzumachen gewußt, daß er sich ein noch schöneres Stück Geld verdienen

könnte, wenn er dazu noch seine Postpferde hergeben wollte. Wer reiste denn schon jetzt im Winter? Und ob die wenige Post, die zu befördern war, mal einen Tag liegenbliebe, darauf käme es doch wohl auch nicht an. Die Pferde standen sich ja im Stall die Beine in den Leib. Es wäre ihnen nur gesund, sich einmal kräftig zu bewegen, und was der Blumschen Überredungskünste mehr waren. Und mehr als alle Gründe und Entschuldigungen wirkte überredend das Klimpern in Blums ledernem Geldbeutel. Schemme hatte nachgegeben, und jetzt gereute es ihn.

Hatte Blum nicht heilig versprochen, Schemme werde seine Pferde noch vor Einbruch der Nacht wieder im Stall haben? Leichtsinn war es gewesen, sich auf Blums und der holzfahrenden Bauern Versprechen zu verlassen. Nacht war es längst, Mitternacht bald, und noch kein Pferd zurück.

Der Kaiser kommt. In Mitau habe er kurzen Aufenthalt genommen. Ein aus der Stadt zurückgekehrter Bauer, aber keiner von den Holzfahrern, hatte Schemme die Nachricht gebracht.

Wenn es sich noch um einen gewöhnlichen Reisegast gehandelt hätte! Dem log man irgend etwas vor. Man konnte ihn überreden, die Nacht im Schemmenkruge zuzubringen. Davon hätte man noch einen Vorteil gehabt, nicht als Posthalter, wohl aber als Krugwirt. Aber der Kaiser, der ließ sich gewiß nichts vormachen. Der schaute selber in den Stall und sah, daß er leer war – »Schemme, wo sind deine Pferde?«

Im Geist sah Schemme sich schon auf dem Wege per Etappe nach Sibirien. Was wurde aus seiner armen Frau, aus seiner alten Mutter, aus seinen unmündigen Kindern?

Er hob den bereiften Schnurrbart zum Himmel empor. Sein Blick blieb auf einem Stern von grünlichem Glanz haften. Und plötzlich überkam ihn ein Zorn. Da drinnen im Haus, in der wohligen Wärme, schliefen die, an die er soeben noch mit Rührung und Sorge gedacht hatte. Sie schliefen, und er, ihr Ernährer, sollte hier draußen stehen, allein in der Nacht, im Schnee, allein mit seinem schlech-

ten Gewissen. Der Frost schüttelte ihn. Es mußte etwas geschehen, es mußte etwas getan werden.
Hinein ins Haus! – »Heraus aus dem Bettstroh, ihr faules Gesindel!« Schemme befahl der Frau, die Teemaschine zu richten, der Mutter, Feuer im Herde zu machen, und den Kindern, sich zu waschen.
Er wußte selber nicht, wozu er diese Anordnungen traf, bis ihm einfiel, daß alles auch ganz anders kommen könnte.
Wie, wenn der Kaiser, von der Fahrt ermüdet, beschloß, bei ihm, dem Schemmenwirt, zu übernachten?
Schon sieht Schemme, wo er vorher nur Strafe und Erniedrigung gesehen hat, Lohn und Ehren. Alles, was der Postmeister Schemme im Dienst versäumt, im Leben gesündigt hat, das wird der »Krüger« Schemme tausendfältig wieder gutmachen. Verstand seine Frau nicht zu kochen? Hatte er in seinem Keller nicht Schnaps genug, mehr als selbst ein Kaiser vertragen kann? War nicht sogar ein Gastzimmer da mit zwei richtigen Betten, Heusack und wollenen Dek-

ken? Was brauchte ein Kaiser mehr, um auszuruhen?

»Mutter, mach die Wärmflaschen fertig!«

Aber auf einmal fährt wieder die Angst in ihn hinein. Wenn der Kaiser was merkt, wenn er aussteigt, bloß um sich Schemmes Pferdestall anzusehen? – Der hätte längst wieder einmal ausgemistet werden müssen.

Schemme stürzt aus dem Hause, reißt einen Karren, der auf dem Hof steht, mit sich, packt im Stall eine Mistgabel und greift den Pferdedünger an wie einen Feind. Karre um Karre belädt er, fährt mit ihr durch die Tür und kippt sie draußen im Schnee um. Er arbeitet, daß ihm trotz der Kälte der Schweiß von der Stirn rinnt.

Jetzt fällt ihm ein, daß man sich ja auf eine allerhöchste Anrede gefaßt machen müsse. Vielleicht fragt der Kaiser gnädig: »Wie alt bist du, Schemme?« Oder: »Wieviel Kinder hast du?« Oder – was am wahrscheinlichsten ist: »Bist du Soldat gewesen, und in welchem Regiment hast du gedient?« Darauf wüßte Schemme mit Stolz zu antworten.

Aber wie wird er fragen, russisch oder deutsch? – Es ist nicht anzunehmen, daß der Kaiser ihn in seiner, Schemmes Muttersprache anreden wird: lettisch. Schemme spricht mit seiner Frau deutsch und mit seinen Kindern ein Gemisch von beidem.
Russisch kann Schemme nur wenig, nur, was er als Soldat gelernt hat. Soldat ist er gewesen, sogar im Kriege, wenn auch nicht in einer Schlacht. Darum weiß er, wie man auf russisch zum Kaiser sagen muß: »Wasche Imperatorskoje Welitschestwo.« Und auf deutsch heißt es: »Eure Kaiserliche Majestät.«
Und so murmelt Schemme, während er eine Gabel Mist nach der andern auf den Karren packt: »Wasche Imperatorskoje Welitschestwo, Eure Kaiserliche Majestät, Wasche Imperatorskoje Welitschestwo.«
Der Misthaufen wächst. Die Zeit vergeht. – Wer wird früher eintreffen: der Kaiser, für den keine Pferde da sind, oder ein rettender Engel, der welche bringt?
Das Licht der Windlaterne, die über dem Eingang des Wohnhauses hängt, ist schwach

und dringt nicht weit in die Dunkelheit hinaus, und der Schnee und ein leiser Wind, der sich erhoben hat, dämpfen jeden Schall.
Schemme glaubt etwas gehört zu haben, und er sieht, während er vor dem Stall grad wieder eine Karre Mist in den Schnee kippt, er sieht – – es kommt aus der Richtung von Wieckeln her, auf dem nahen Wege, der nur im Winter fahrbar ist – wahrhaftig! er sieht zwei Pferdeköpfe auftauchen. Weiß leuchten die Handschuhe des Kutschers. Vom Gesicht ist kaum etwas zu sehen, weil zwischen Pelzmütze und aufgeschlagenem Kragen nur gerade die Nase rausguckt. Und hinterher kommen noch zwei Pferde, die sind an den Schlitten angebunden. Weiße Pferde sind es, grau geäpfelt mit rosa Nüstern.
»Krisch!« schreit Schemme auf, »dich schickt Gott!«
Er fragt nicht, woher es komme, daß Krisch, der doch mit der Baronin in der Stadt ist, plötzlich hier sein kann. Er ist da, und er bringt das bekannte Wieckelnsche Vierge-

spann, die Pferde mit den verrückten Namen. Die Pferde sind ebenso verrückt wie ihre Namen. Aber Krisch ist ein Kutscher, wie es keinen zweiten in Kurland gibt. Man setzt ihm die Uniformmütze des Postillions auf, und er fährt den Kaiser, wenn's verlangt wird, bis Berlin!

Krisch hält vor dem Stall an und beginnt, die Pferde auszuspannen. Schemme ist ihm dabei behilflich.

Krisch ist von einer Schweigsamkeit, die man sonst an ihm nicht kennt. Um so redseliger ist Schemme. Jetzt, da die Gefahr vorüber, überkommt ihn ein Bedürfnis zu beichten. Er erzählt dem schweigsam für seine Pferde sorgenden Krisch all seine Ängste, die er ausgestanden.

»Mach schnell«, sagt er, »damit du einen Schnaps trinken kannst vor der Fahrt. Heute wird nichts bezahlt.«

Aber Krisch schüttelt nur den Pelzmützenkopf und bleibt bei seinen Pferden.

Draußen wird nach Schemme gerufen. – Was? Ist schon der Kaiser da? – Nein, es ist nur ein kleiner Schlitten mit zwei Pferden

davor und einem jungen Herrn darin. Paul von Kiesenbach ist es, der Hauptmannsgerichtsassessor. Schemme läuft zu ihm hinaus.
Der Kutscher Krisch vom Gute Wieckeln hört durch den Spalt der angelehnten Tür die beiden miteinander reden. Der Assessor schimpft. Schemme pflichtet ihm bei.
Was denkt sich denn der Hauptmann dabei, daß er seinem Assessor den Auftrag gibt, vor dem Kaiser herzufahren, die Poststationen zu revidieren und die Wege, wo es not täte, in Ordnung zu bringen? Kann er Schneeverwehungen beseitigen, Löcher ausgleichen, jetzt mitten in der Nacht, wo er nur knapp eine Stunde Vorsprung hat?
»Bei mir ist alles in Ordnung«, versichert Schemme mit der Kühnheit seiner kaum beschwichtigten Angst. Der Assessor läßt sich nicht abhalten, aus dem Schlitten zu steigen und auf den Stall zuzugehen.
Der Kutscher Krisch wendet sich schnell seinen Pferden zu. Der Assessor macht die Stalltür nur ein wenig auf und sieht im Vordergrunde das Wieckelnsche Viergespann,

das er kennt, mit dem dazugehörigen Kutscher. Den kennt er auch, da er schon manches Mal mit ihm gefahren ist.
Tiefer in den Stall hinein schaut er nicht. Auch hängt die Stallaterne so, daß sie ihn blendet.
»Na, Krisch«, sagt er, »fährst du heute den Kaiser, was?«
Krisch gibt keine Antwort, tut, als habe er die Anrede gar nicht gehört, und Schemme spricht auf den Assessor ein, um ihn vom Stalle abzulenken. Er zupft ihn sogar am Ärmel und zieht ihn so zum Schlitten zurück. Die Stalltür schließt sich wieder.
»Sonst ist der Weg nicht schlecht und Schnee genug«, sagt Schemme. »Nur am See, da ist die schlechte Stelle. Sie wissen, Herr Baron, wo die hohe Fichte steht. Wenn man da zu weit links hält, kippt man am Berge um. Und kommt man zu weit nach rechts ab, dann fällt man in den See. Der See ist gefroren, aber das Ufer ist an der Stelle offen, weil da Quellen sind. Man muß genau die Mitte halten. Am Tage wär's nicht gefährlich. Aber jetzt in der Nacht möchte ich

dort nicht fahren. Gott sei Dank, daß wir den Wieckelnschen Kutscher haben! – Ob der Kaiser Laternen am Schlitten hat? Aber im Schnee fahr ich nicht gern mit Laternen. Man wird ganz dumm von den vielen Schatten.«

»Wie weit ist es von der Fichte bis zum Buschwächter?« fragt der Assessor.

»Nur eine halbe Werst«, antwortet Schemme.

»Dann weiß ich, was ich tu«, sagt der Assessor. »Pack mir einen Armvoll Holz in den Schlitten und stopf mir einen Sack voll Stroh. Oder lauf du nach dem Holz. Das Stroh hol ich mir selber.«

»Nicht aus dem Stall«, ruft Schemme, »da ist nur nasses. Ich hol alles aus dem Hause. Kommen Sie mit, Herr Baron. Vielleicht ein Schnäpschen?«

Der Kutscher Krisch hört, wie die beiden sich nach dem Hause zu entfernen.

Es ist unabsehbar, was alles hätte geschehen und nicht geschehen können, wenn der Assessor tiefer in den Stall hinein, und wenn er gar dem Kutscher Krisch ins Gesicht geblickt hätte. Hätte dadurch nicht die ganze Politik Europas eine andere Wendung nehmen können? – Wie leicht zieht eine Verzögerung eine andere nach sich und diese wiederum eine andere und so fort, so daß aus versäumten Minuten versäumte Stunden und Tage werden.

Hatte die Plötzlichkeit, mit der die Reise vor sich ging, ihren Grund nur in der Wesensart des Zaren, der eben Langsamkeiten nicht ertrug, oder war es von tatsächlicher Wichtigkeit, das Ziel der Reise so schnell wie möglich zu erreichen? – Hätte es, wenn Nikolaus einen Tag später bei seinem Schwiegervater in Berlin eingetroffen wäre, geheißen: »Ja, wenn du gestern hier gewesen wärest...?« Gott weiß, wie schwer ein solches »Gestern« hätte wiegen können. Wir wissen es nicht. Aber das wissen wir, daß, wenn vielleicht auch nicht die Politik Europas, so doch jedenfalls diese Geschichte dann ganz anders weitergegangen wäre. Aber – es muß wohl in den Sternen gestanden haben, daß diese so weitergehen sollte, wie wir sie hier erzählen, so und nicht anders.

Der Kutscher Krisch hörte die beiden aus dem Hause kommen und zum Schlitten gehen, an welchem sie sich kurze Zeit zu schaffen machten. Er hörte es an den Schlittenschellen, daß die Pferde sich in Bewegung setzten. Das Geläut entfernte sich schnell.

Und da tat der Kutscher Krisch aus Wieckeln etwas, das für einen ehrsamen herrschaftlichen Kutscher sehr sonderbar erscheinen möchte, wenn uns nicht vorher schon sein ganzes Benehmen verdächtig vorgekommen wäre: Er schlug den Kragen des Pelzes zurück, daß er sein heißes Gesicht ein wenig kühle, lauschte noch einmal durch den Spalt hinaus, ob auch Schemme sich wieder entfernte, verbeugte sich in der Richtung des verklingenden Schellengeläuts, bleckte die Zunge heraus und zeigte, die Hand spreizend zum Gesicht hebend, der Nacht draußen eine »lange Nase«.

»Luna, Stella, Planeta, Kometa! Nun hört mir mal einen Augenblick mit dem Fressen auf. Ihr tut ja so, als ob ihr in Wieckeln verhungern müßtet. Paßt auf, was ich euch sagen werde! Benehmt euch heute anständig, ich bitte euch drum. Daß ihr nachher ein fabelhaftes Futter bekommt, versteht sich von selbst. Hafer, so viel ihr wollt. Und Brot und Zucker. – Luna, du bist die Vernünftigste. Dich spann ich rechts. Paß auf, daß du nicht in den Graben trittst. Du, Stella, gehst am besten links. Paß auch du gut auf den Graben auf und beiß Planeta nicht wieder in den Hals. Planeta, dir hab ich neulich mal eins mit der Peitsche übergezogen, weil du bocktest. Bitte, verzeih es mir! Kometa, du bist mein Jüngstes, und manchmal bist du noch ein bißchen kindisch. Sei heute mal erwachsen! Erinnerst du dich, wie ich dich mit der Flasche fütterte, weil deine Mutter zu wenig Milch hatte? Du bist mein Säugling. Du wirst deiner alten Amme keine Schande machen, versprich es mir! Ihr werdet euch heute alle vier ganz fabelhaft zusammennehmen, versteht ihr! Die Ehre des Hauses Wieckeln steht auf dem Spiel. Einen Kaiser fährt man nicht alle Tage. Köpfe hoch! – Denkt an euren Großvater! Hasso war ein

herrliches Pferd. Ich habe ihn nur als alten Herrn gekannt, aber er war immer noch das schönste Pferd von ganz Kurland. Ihr könnt stolz darauf sein, daß ihr von ihm abstammt. Enkelinnen des Hasso, ihr habt seine Farbe geerbt, die dunklen Augen, die rosa Nüstern, das Weiß und Grau eures Felles, die schönen runden geäpfelten Hinterteile. Nun zeigt, daß ihr auch seinen Charakter geerbt habt, seinen Stolz, seine Würde und auch sein Feuer. Er war weise, trotz seines Feuers, und feurig, trotz seiner Weisheit. Wenn man einen solchen Ahn hat, muß man sich seiner würdig erweisen. Ihr seid adlige Pferde, vergeßt das nicht. Ihr sollt auch Mütter werden von edlen Kindern.
Eigentlich ist es ja ein Wahnsinn, was ich da mit euch vorhabe. Wenn's rauskommt, lacht mich der Kaiser aus, und das wäre noch lange nicht das Schlimmste. O Gott, ich fürchte mich doch sehr. Lieber Gott, bitte, hilf mir! Was soll ich dir versprechen, Gott, wenn alles gut geht? Soll ich dir versprechen, daß ich Paul heirate? Ich glaube, du willst das. Bestimmt willst du nicht, daß ich dir ver-

spreche, niemals zu heiraten. Also gut, ich verlob mich mit ihm. Gleich morgen, wenn du willst. Noch heute nacht, wenn es sein muß. Er wird vielleicht dort sein, wo unsere Fahrt endet. Dann kommen andere Pferde vor den Schlitten des Kaisers, und ich bin mit Paul verlobt. Es ist schrecklich, lieber Gott, schrecklich – aber vielleicht ist es auch ganz schön. Und nun hilf mir, bitte!«

»Er kommt, er kommt!« riefen die Kinder, die barfuß vors Haus gelaufen waren, weil sie Schlittenschellen gehört hatten.
Und er war es wirklich.
»Er kommt!« brüllte Schemme in den Stall zum Wieckelnschen Kutscher hinein. Er brüllte auch nach seinen Postknechten und nach dem Stalljungen Micks, weil er in diesem Augenblick vergaß, daß er sie selbst fortgeschickt hatte und sie noch nicht zurück waren. Und dann stellte er sich vor der Tür seines Hauses in strammer Haltung auf und stand, die Hand an der Fellmütze, regungslos, während der Wasok des Zaren, mit Vieren breit bespannt, Laternen am

Kutschbock, langsam vorfuhr und sachte hielt.
Es wäre für die ganze, unter der Haustür versammelte Familie des Posthalters und Krugwirtes Schemme, einschließlich des Säuglings, der auf dem Arm der Großmutter, den Daumen im Munde, in Nacht und Laternen hinausstaunte, eine schöne Bereicherung ihrer Lebenserinnerungen gewesen, wenn sie den Zaren Nikolaus zu sehen bekommen hätten. Aber leider war der Kopf, der in der Fensteröffnung des von allen Seiten geschlossenen Schlittens erschien, nicht das Haupt aller Reußen. Das Haupt hätte Schemme wiedererkannt, nicht nur nach Bildern, sondern weil er sich seiner sehr wohl erinnern konnte von der Parade her, die er in Petersburg mitgemacht hatte. Also war das, was da zum Fenster rausguckte und mit der Hand nach rückwärts in den Schlitten deutete, auch nur ein Untertan. ›Ein Untertan wie ich‹, sagte sich Schemme, ›wenn auch ein höherer‹. Mochte es ein Graf oder Fürst sein, ein General oder Minister, das machte nun wenig Unterschied. Der

Kaiser selbst war's nicht, und also hatte man ihm auch nicht mit »Wasche Imperatorskoje Welitschestwo« oder »Eure Kaiserliche Majestät« zu antworten, wenn er, wie es jetzt den Anschein hatte, etwas fragen oder befehlen wollte. Ja, wie mußte man denn zu ihm sagen? – Dies war im Augenblick Schemmes größte Sorge, als er an das kleine, durch Herablassen einer Scheibe geöffnete Fenster des Schlittens trat.
Kopf und Hand, die durch Stellung und Bewegung – Hand an der Wange des schiefgehaltenen Kopfes – deutlich gemacht hatten, daß Seine Majestät schliefen und nicht geweckt zu werden wünschten, wollten jetzt noch etwas anderes, das aber trotz des sie begleitenden Flüsterns nicht zu verstehen war. In einem so schnell und leise gesprochenen Russisch fand Schemme sich nicht zurecht, auch dann nicht, als der höhere Untertan die öftere Wiederholung seiner unverständlichen Worte durch einen hingehauchten Fluch unterbrach. Russisch wurde also aufgegeben und der Versuch, sich verständlich zu machen, in einer anderen Spra-

che, aber einer für Schemme noch viel unverständlicheren fortgesetzt. Mochte es Englisch oder Französisch oder Türkisch sein – Schemme verstand nichts. Bis endlich der Adjutant, oder wer es sein mochte, sich darauf besann, daß man im Lande der Balten wohl auch Deutsch reden könne.

»Wärmflaschen« wollte er, das war's! Wärmflaschen, um sie an die kalten Füße seiner Majestät zu legen.

Keinen Wunsch hätte Schemme lieber gehört als diesen. Erfüllte es ihn doch mit Stolz, vorausgeahnt zu haben, was der Kaiser am allernotwendigsten brauchen würde.

»Sofort, Herr Baron!« rief er, glücklich, auf eine Anrede verfallen zu sein, die er unter allen Umständen, wenn's doch der Kaiser selbst nicht war, für die vornehmste hielt. Die Frau lief ins Haus, das Gewünschte zu holen.

Nun mußte, damit man die Wärmflaschen hineinreichen konnte, die Tür des Schlittens geöffnet werden. Die Windlaterne wurde vom Eingang heruntergeholt, und man

konnte ins Innere schauen. Da war nicht viel zu sehen von kaiserlicher Pracht. Aber ein Paar Stiefel erregten doch die Bewunderung der staunenden Familie. Hohe Reiterstiefel waren es. Sie standen aufgerichtet im Hintergrunde, lackglänzend, mit silbernen Sporen daran. So hatte man doch wenigstens die Stiefel des Zaren gesehen.
Schemme hatte denn auch noch das persönliche Glück, die Wärmflaschen eigenhändig bis an die Füße des allerhöchsten Schläfers schieben zu dürfen, der im übrigen unsichtbar blieb, vergraben unter einem Berge von Pelzdecken. Ein leises Grunzen, das wie unterirdisch von dort hervordrang und wohl als eine Art Dank gedeutet werden konnte, beglückte Schemme sehr.
Während man also von der Hantierung mit den Wärmflaschen in Anspruch genommen war, hatte der Postillion seine Pferde – es waren gewöhnliche Postpferde – vom Schlitten losgemacht und sie abseits geführt. Und schon war auch Krisch da mit seinen herrlichen Vieren, die mutig schnoben, sich sonst aber gesittet benahmen und, wenn auch tän-

zelnd, so doch gehorsam sich vor den Schlitten stellen ließen.

Nun halfen als wackere Postmeisterjungen, die sich auf die richtigen Handgriffe verstanden, auch Schemmes Älteste, der zwölfjährige Indrick und der zehnjährige Mahrting, beide immer noch barfüßig, beim Anspannen, so daß, als die Tür des Schlittens wieder geschlossen werden konnte, der Pferdewechsel schon vollzogen war. Krisch schwang sich auf den Bock.

»Alles fertig?« fragte Schemme zu ihm hinauf. Aber ehe er eine Antwort erhalten hatte, fiel ihm ein, daß der Wieckelnsche Kutscher, um als kaiserlicher Postillion zu gelten, die Postillionsmütze aufsetzen mußte an Stelle der dicken Pelzmütze, die ihm die Stirn verdeckte, daß zwischen den Ecken des Pelzkragens von seinem Gesicht nicht viel mehr als die Nasenspitze zu sehen war.

»Warte!« rief er, und zur Mutter gewandt: »Bring die Mütze!« Die Alte lief, den Säugling auf dem Arm, ins Haus.

Aber dem Wieckelnschen Kutscher schien an der Verwandlung nichts gelegen. Er wartete die Rückkehr der Mutter Schemmes nicht ab, sondern gab, hochaufgerichtet, mit gestreckten Armen, die Leinen straff in den Händen, den Knaben, die an den Köpfen der Pferde, sie haltend, standen, durch einen Pfiff zu verstehen, daß sie loslassen sollten.

Kaum waren Indrick und Mahrting, der eine rechts, der andere links, zur Seite gesprungen, da machten die vier Pferde die Hälse krumm, hoben sich vorn, senkten sich hinten, setzten an wie zum Sprung, und fort ging's – vom Fleck weg im Galopp!

Zugleich mit der so plötzlichen Bewegung, die den Schlitten vorwärts riß, als flöge er davon, hub ein feines Klingen an, das man vorher, als Krisch die Pferde brachte, nicht gehört hatte: Ein Dreiklang abgestimmter Schlittenschellen, bekannt in der ganzen Nachbarschaft als das »Wieckelnsche Geläut«. Schemme hob hinter dem verklingenden Spiel der Töne, in dem noch das Galoppieren der Pferde seinen Takt schlug, die Hände wie zum Gebet. Und es war auch ein Gebet, das er sprach: »Möge Gott behüten«,

ein Wort, darin sich mehr Besorgnis ausdrückte als Zuversicht.
Kaum aber war, vom Winde verweht, das Geläut in der Ferne verklungen, da war es, als stiegen in der Stille der wieder beruhigten Nacht von überall her Pferde aus dem Schnee, so als stünde der Schemmenkrug inmitten eines Pferdefriedhofs, für den der Jüngste Tag angebrochen war.
Es kamen, gleichzeitig aus verschiedenen Richtungen auftauchend, Schemmes drei untergebene Postillione zurück, jeder mit vier guten Pferden, die sie sich von den benachbarten Gütern geholt hatten. Es kam der Stalljunge Micks, er ritt auf einem Pferde und führte zwei am Halfter. Es kamen die Bauern mit Schemmes Pferden, die meisten von ihnen auch noch die eigenen kleinen Bauernpferde mitbringend – zur Buße für die Versäumnis, wie sie sagten, in Wirklichkeit, um ihre Tiere einmal mit Schemmes Staatseigentum an Hafer und Heu zu füttern. Es kam auch, unschuldig, als sei er sich keiner Verspätung bewußt, der Holzhändler Blum mit seinem Gespann, zwei

mageren, abgetriebenen Gäulen. Und zuletzt, als das Gedränge schon so dicht war wie auf einem Pferdemarkt, kam auch noch der Stallmeister des Gutes Wieckeln mit Kulle und Krakuse und zweien seiner besten Ackergäule. Er war im Dunkeln vom Wege abgeirrt, daher erklärte sich seine Verspätung. Als er aber von Schemme erfuhr, der Kutscher Krisch sei längst vor ihm dagewesen mit dem berühmten Viergespann, den Apfelschimmelstuten, und der sei eben mit dem Kaiser davongefahren, da wollte er dies durchaus nicht glauben und meinte, Schemme halte ihn zum Narren. Zwar habe er als Stallmeister der Arbeitspferde im herrschaftlichen Stalle nichts zu suchen, und Kulle und Krakuse, beide lahm, seien ihm von einem Stalljungen zugeführt worden. Er wisse aber ganz genau, daß Krisch mit der Baronin in der Stadt sei und noch gar nicht zurück sein könne. Und darum könnten es auch nicht die Apfelschimmelstuten, die verrückten Bestien, gewesen sein, denn niemand außer Krisch könne mit ihnen fahren. Also müsse Schemme geträumt haben.

Wahrscheinlich sei überhaupt das Ganze nur ein dummer Scherz, von Schemme zu dem Zweck erfunden, die Leute nachts in sein Wirtshaus zu locken. Kein Kaiser sei unterwegs. Die Flöhe hätten auf Schemmes Kopf getanzt, davon sei er verrückt geworden. Das sähe man ihm ja auch an. Aber seinen Zweck habe er erreicht. Nun stünde man hier und glotze sich gegenseitig ins Maul, soweit das bei der Dunkelheit möglich sei, statt lieber was Ordentliches vor den Mund zu nehmen, nämlich einen Schnaps. Schemme kam gegen den Stallmeister, der unaufhaltsam sprach, nicht zu Wort. Da er aber seine Glaubwürdigkeit in Frage gezogen und die Lacher auf seiten seines Angreifers sah, wandte er sich voll angestauten Zornes gegen den Holzhändler Blum und überschüttete ihn, den Urheber aller seiner Bedrängnis, mit Vorwürfen, die in Ausdrücken gehalten waren, daß Schemmes Frau die Kinder ins Haus trieb, damit sie nicht vom eigenen Vater die Sprache des Teufels lernten, wie sie das Fluchen nannte.

Der Holzhändler Blum ließ sich aber zu keiner Erwiderung hinreißen, sondern meinte friedfertig, es beginne zu schneien. Und darum sei es für jeden ehrlichen Menschen jetzt das beste, erst für die Tiere und dann für sich selbst zu sorgen. Dort sei der Stall und hier sei das Haus, und im Haus könne man sich auch noch von innen wärmen. Wer nun recht habe, Schemme oder der Stallmeister von Wieckeln, – in einem habe der Stallmeister jedenfalls recht, und darin werde ihm auch Schemme nicht widersprechen: daß es bald an der Zeit sei, einen Schnaps zu trinken.
Diese letzte Bemerkung fand allgemeine, freudige Zustimmung. So wurde denn die Stimmung mit einem Male bei allen höchst fröhlich wie in Erwartung eines Festes.
Man eilte, die Pferde, eigene und fremde, im Stall unterzubringen, der, vorher leer, jetzt übervoll wurde. Und als die Vierfüßler ihr Futter hatten, bekamen auch die Zweibeiner ihr »flüssiges Brot«, wie der Stallmeister von Wieckeln den Schnaps nannte. Schemmes Frau, durch die Menge der Gäste

nicht aus der Fassung gebracht, rechtfertigte ihren Ruf als Köchin. Sie bereitete in kürzester Zeit ungeheure Mengen von »Keilchen mit Speck«. Da gingen wohl viele Eier drauf und Milch und Mehl in Mengen. Und von der Speckseite, die sie frisch aus dem Rauchfang holte, blieb nur die Schwarte übrig. Aber das war kein Verlust für die Wirtschaft, sondern ein Gewinn. Denn der Holzhändler Blum, zufrieden mit dem Holzgeschäft und der gelungenen Abfuhr, lud alle, die am Tische saßen, und auch die, die stehen oder auf der Erde hocken mußten, ein, auf seine Rechnung zu schmausen und zu zechen. Und mit dieser großzügigen Gebärde gewann er sich das Herz seines gefälligen Pferdeverleihers zurück, der ihm nach dem sechsten Schnaps zu verstehen gab, es brauchte ja nicht das letzte Mal gewesen zu sein, daß sie miteinander ein Geschäft machten. Denn dazu seien ja die Menschen auf der Welt, daß sie sich gegenseitig hülfen.
Es wurde ein langes Fest mit Prügeleien und Versöhnungen, mit lauten Gesängen und stillen Schläfern unter Tisch und Bank.

Zu irgendeiner Zeit der Nacht – niemand wußte nachher die Stunde – klangen draußen wiederum Schlittenschellen, und fremde Postillione verlangten Pferde zum Wechseln. Es waren die weit hinter dem Zaren zurückgebliebenen zwei Schlitten seines Gefolges.
Schemme kümmerte sich nicht um sie. Seine Hände hatten die nur mit Strümpfen bekleideten Füße der Majestät berührt, und der Selbstherrscher aller Reußen hatte ihm, dem Schemmenwirt, seine Zufriedenheit durch ein Grunzen kundgetan. Was bedeutete ihm da noch das Gefolge! Er überließ es den fremden Postillionen, sich aus dem vollen Stall die Pferde auszusuchen, die ihnen gefielen. Nur der Wieckelnsche Stallmeister, der mehr an Schnaps vertrug als jeder andere, war ihnen dabei behilflich.
In der Dämmerung des spät beginnenden Wintermorgens begaben sich die Bauern heim. Mancher ging und mancher fuhr, und mancher nahm sein Pferd mit und mancher ein fremdes. Es hat nachher ein langes, aber durch keinen Streit getrübtes

Austauschen gegeben, bis auch jedes Pferd wieder zu seiner Krippe zurückgefunden hatte. Und bei denen, die zu Fuß gingen, konnte man's nachher an ihren Spuren im frischgefallenen Schnee sehen, daß sie wohl noch die Richtung nach ihrer Heimstätte gewußt, sie aber nicht bei jedem Schritt hatten einhalten können.

Schemme ging vors Haus. Und hier im Morgengrauen hatte er eine Erscheinung. Aus der Richtung von der Stadt her kam in langsamer Fahrt ein Schlitten, mit zwei Braunen bespannt, die Schemme als die Pferde Bob und Boy aus dem Stalle Wieckeln erkannte. Im Schlitten saß bleich und übernächtig die Baronin Wok. Auf dem Bock aber – Schemme rieb sich die Augen, doch es wurde dadurch nicht anders – auf dem Bock saß – – – wer? – Der Kutscher Krisch!

Dies war offenbar eine Geistererscheinung. Schemme wagte nicht, den schweigsam Vorüberkutschierenden anzurufen, teils aus Respekt vor der Baronin, teils aus Angst vor dem Gespenst.

Ein Wunder war's und nur als solches zu

verstehen, ein Wunder der Art, die Gott tut, den reuigen Sündern zum Zeichen seiner Vergebung, aber mehr noch zum Zeichen, daß sie sich bessern sollen und fortan nicht mehr sündigen.

Der Stallmeister von Wieckeln trat aus der Tür und sah die Erscheinung auch. Er hielt sie aber für etwas ganz Natürliches.

»Na, siehst du«, sagte er zu Schemme. »Wo war der Kutscher Krisch? Mit der Baronin in der Stadt war er. Wie ich es dir sagte. Kann er da zwischendurch hier gewesen sein und den Kaiser gefahren haben?«

»Aber wer hat ihn denn gefahren?« rief Schemme. »Denn daß ihn einer gefahren hat, das weißt du doch selbst. Du hast doch mit den Postillionen gesprochen, und sie haben dich gefragt, ob's wohl möglich wäre, daß sie den Kaiser noch einholen könnten. So hast du es mir erzählt. Oder habe ich das auch nur geträumt?«

Der Stallmeister schüttelte den Kopf. Jetzt kam die Sache auch ihm merkwürdig vor.

»Der Teufel hat ihn gefahren«, sagte er, »oder...«

»Oder wer?« fragte Schemme.
Aber der Stallmeister von Wieckeln zuckte nur die Achseln.

Eva, auf dem Kutschbock mehr stehend als sitzend, hörte hinter sich noch Schemmes Ruf: »Möge Gott behüten!« – Und dann hörte sie nur noch das Galoppieren der Pferde, das Gleiten der Schlittenkufen und den ihr so vertrauten Dreiklang der Schellen, das Wieckelnsche Geläut.
Das Viergestirn hatte seinen Lauf mit einem Absprung begonnen. Es war ein Sprung ins Nichts oder ins All – wer konnte das unterscheiden?
Die Poststraße glitt unter dem Schlitten weg. Glitt sie nur nach hinten oder zugleich nach unten? Ging die Fahrt in den Weltenraum hinaus? – Solange die Hufe der Pferde den Schnee berührten, der aufgewirbelt von ihren Schlägen stäubte, war man noch auf der Erde. Und schließlich verläuft ja jede Poststraße im Weltenraum, denn die Erde fliegt durch ihn hin.
Eva hielt die Zügel, in jeder Hand vier. Aber

es war ihr, als lenke nicht sie das Gespann. Das Gespann war gelenkt, aber von anderer Hand. Und sich selber fühlte sie, während es sie vorwärts riß, wie von einer Hand gehalten, einer Hand, die so groß war, daß die ganze kleine Eva Platz hatte in der Hand, wie ein Kind Platz hat in der Wiege und ein Vogel im Nest. Eine fliegende Wiege und ein fliegendes Nest. Es flog, man wurde geflogen, aber – man ruhte darin.

War es das, was sie hatte fühlen wollen mit der ganzen Inbrunst ihrer sechzehn Jahre, dieses Fortgerissenwerden, dieses Fliegen – und dabei dieses Ruhen?

Es war ein Gefühl, das man nicht hatte, wenn man im guten warmen Bett liegenblieb. Das Gefühl wohnte nicht im Bett. Vielleicht wohnte es auf dem Kutschbock des kaiserlichen Wasok. Und darum also...

Darum also hatte sie es dem Vater antun müssen, dem guten lieben alten Mann, daß sie seinem Verbot zuwiderhandelte. Darum hatte sie Hintertüren und Schleichwege benutzt, um ungesehen und unverfolgt aus Haus und Stall und Hof zu kommen. Darum hatte sie die Schlittenschellen sorglich in die Taschen des Mantels geborgen, wo Pelz und Wolle ihre verräterischen Klänge erstickten, und hatte sie erst im Stalle des Schemmenkruges wieder hervorgeholt und am Halsgeschirr der Pferde befestigt, da sie nun nicht mehr zu fürchten brauchte, daß irgendein Mensch sie zwingen könnte, von ihrem Vorhaben abzustehen. Darum hatte sie ihr Gesicht zwischen Pelzmütze und Mantelkragen versteckt gehalten wie ein Bösewicht, der nicht erkannt sein will. Darum hatte sie hinter Paul von Kiesenbach her die Zunge herausgebleckt und eine »lange Nase« gezeigt. Darum, ja darum fuhr sie jetzt als kaiserlicher Postillion, als Krisch, als Kutscherin des Zaren – als Eva, irdische Eva, hinausgetragen in den Weltenraum, durch den eine Poststraße lief, vier junge feurige Pferde lenkend, feurige und noch lange nicht weise Pferde, und nicht sie lenkend, nur die Leinen haltend, vier in jeder Hand, die Leinen hinhaltend der Hand, in der sie selber ruhte.

Sie spürte als leisen Druck in den Kniekehlen die Bank des Kutschersitzes, und zuweilen spürte sie an ihrem Rücken die Stirnwand des Wasok.

Noch war alles wirklich, die Pferde, der Schlitten und sie selbst. Auch der Weg war wirklich und die Schneebahn gut. Der Schlitten glitt, schnell und leise gewiegt vom Taktschlag des Galoppierens.

Eva löste mit einer Kopfbewegung das Gesicht aus dem Pelzkragen, der heiß geworden war von ihren Wangen. Angenehm spürte sie die Kälte. Die Luft rauschte ihr in den Ohren, als ginge die Fahrt gegen starken Wind.

Ihr war es aber, als wehte hinter ihr drein ein noch stärkerer Wind. Der trieb den Schlitten vorwärts, daß seine Schwere den Pferden nicht zur Mühe wurde und sie nur so vor ihm herlaufen durften, nicht als ob sie ihn zögen. Woher kam es, das starke Wehen, das Wind war und mehr als Wind? – Es hatte ihr Schemmes Segen nachgetragen, den Ruf: »Möge Gott behüten!« Es trug ihr auch den Atem der Pferde entgegen und den Geruch der Pferde, der ihr von allen Gerüchen, die sie kannte, der vertrauteste war. Sie atmete den Atem der Pferde ein. Sie spürte als etwas dem eigenen Körper und mehr noch der eigenen Seele Verwandtes die Lebenswärme und Lebensfreude der ihr befreundeten Tiere.

Gleichzeitig hoben und senkten sich die Rücken. Die Schweife bauschten sich, die Mähnen flatterten. Und in der wiegenden Bewegung der Tierleiber wiegten sich Licht und Schatten mit.

Es waren die beiden Schlittenlaternen, die die Beleuchtung machten, die in das Grenzenlose der Nacht unter den Sternen ihren kleinen irdisch wandernden Lichtkreis warfen. Sie waren auf Leuchterarmen befestigt, die rechts und links des Kutschbockes seitlich abstanden und nach oben geschwungen waren wie Gehörn an der Stirn eines Tieres. Zierlich geformt, trug jede von ihnen auf ihrem Dach ein Kaiserkrönchen, das, durchbrochen, der Hitze des Innern Abzug gewährte. Nach hinten und nach der Mitte zu waren sie geschlossen durch metallene Wände, die nach innen als Hohlspiegel wirkten und so das Licht in der Richtung nach vorn und nach beiden Seiten verstärkten. In jede der Glasscheiben aber war ein verschnörkeltes großes russisches N geschliffen, das dem großen lateinischen H gleicht: Der Anfangsbuchstabe des kaiserlichen Namens. Darunter eine römische I: »Nikolaus der Erste«.

Von dieser kaiserlichen Initiale bekamen auch die Hinterteile der Pferde einen huschenden Schattenschnörkel ab.

›Ihr seid heute kaiserliche Pferde‹, sagte Eva, nur in Gedanken, nicht mit den Lippen sprechend. ›Denkt an euren Großvater. Der war auch aus vornehmem Hause – dem Stall des Sultans. Der Sultan ist zwar ein Feind des Kaisers, aber ihr müßt seine Freunde sein, weil ihr meine Freunde seid. Ich möchte wohl wissen, ob ich ihn noch zu sehen bekomme, der drinnen im Schlitten liegt. Aber vielleicht ist's besser, ich sehe ihn nicht – – damit er mich nicht sieht.‹

Die Öllampen in den Laternen brannten mit gelblichem Licht. Sie brannten, so hell sie konnten. Aber gegen die große Nacht war ihr Leuchten gar klein. Es reichte nur so weit, daß rechts und links die Grabenränder sichtbar blieben, stellenweise verweht und stellenweise scharf eingeschnitten zwischen Feld und Straße, je nachdem der Wind den Schnee gefegt, geebnet oder geformt hatte. Vom Wege nach vorn zu war kaum etwas zu erkennen.

›Schemme hat recht‹, dachte Eva. ›Im Schnee fährt man besser ohne Laternen. Wie hatte Schemme gesagt? – Man wird ganz dumm von den Schatten.‹ Dumm – das konnte Eva von sich nicht finden, aber es war verwirrend.

Denn vor den Pferden her breitete sich ein Schattenfächer, der, ständig in Bewegung, seine Form veränderte, so als ginge die Fahrt in ein Ungewisses hinein, das sich immer erst im letzten Augenblick dazu entschloß, kein Spuk und Wall und Abgrund, sondern immer noch die gewohnte, bekannte und richtige Poststraße zu sein.

Dieser achtfache Schattenfächer tanzte und lief den Pferden voraus, in Schwingungen und Sprüngen jede kleine Unebenheit des

Weges und jede Senkung oder Steigung zu Hindernissen und Gefahren übertreibend, über die dann der Schlitten doch hinwegglitt ohne Stoß und Schwanken.
›Man muß sich nur vor dem nicht fürchten, was man sieht‹, sagte sich Eva. ›Wenn es kommt, scheint es schrecklich. Wenn es da ist, ist es nichts.‹
Und da gewahrte Eva, daß den Schlitten nicht vier Pferde zogen, sondern zwölf: vier weiße, wirkliche, und acht schwarze, geisterhafte. – Wohin liefen die Schattenpferde mit den weit vorgestreckten Hälsen und den kaum noch sichtbaren Köpfen?
Aber die weißen, wirklichen, Evas geliebte Pferde, fürchteten sich nicht vor ihren verdoppelten Geistern. Vielmehr schienen sie ihre Lust daran zu haben, jene zu verfolgen, die ihnen bei jedem Galoppsprung vorausspranagen, als wollten sie davonjagen, aber doch gebunden blieben an die Hufe derer, die ihnen das Dasein gaben.
Eva wollte, um dem Schattenspuk ein Ende zu machen, die Laternen löschen und überlegte, wie sie es anstellen könnte, ohne dabei

die Zügel aus den Händen zu verlieren. Aber dann gab sie ihre Absicht auf, da sie ein neues Zauberspiel des Lichtes bemerkte, das wohl schon vorher begonnen haben mochte, aber erst allmählich deutlicher in Erscheinung trat.
Der Atem der Pferde, heiß geworden vom Lauf, nahm zu an Sichtbarkeit. Der Dampf, den sie aus ihren Nüstern bliesen, zog über ihre Rücken und an ihren Flanken hin als ein schnell vergehendes, sich stetig erneuerndes Gebilde, ein flatternder Schleier aus leichtestem Stoff, ein zarter Rauch, ein leuchtender Nebel. Und Eva sah, wie das Gebilde sich verdichtete, wie es Gestalt annahm, sich formte, sich fiederte und zu Flügeln wuchs. Acht Flügel wuchsen den Pferden aus ihren Schultern. Sie liefen nicht mehr, sie flogen. Wohl schlugen ihre Hufe noch den Schnee, aber ihre Schweife bauschten sich in den Wolken, und ihre Mähnen flatterten unter den Sternen hin.
Eva hatte nicht nach den Sternen geschaut. Das Licht der Laternen hatte ihr den Himmel verdunkelt. Jetzt kamen die Sterne zu

ihr herab. Erst waren es einzelne, die an den Scheiben der Laternen vorübertrieben, kurz aufleuchteten und bald verlöschten. Dann wurden es ihrer mehr und mehr, aufleuchtend, vorüberhuschend, blitzend, verlöschend. In Flocken kamen sie, setzten sich auf Evas schwarzen Kutscherpelz, auf Kragen, Ärmel und Brust. Der schwarze Pelz wurde weiß. Sie berührten prickelnd Evas Gesicht, auch ihre Augen, daß sie blinzeln mußte und Mühe hatte, durch das Gestiebe durchzuschauen. Nur undeutlich sah sie noch ihre weißen Pferde schimmern, die weißen Pferde, die ihre Flügel bewegten und durch das Getümmel der Sterne hindurchflogen.

Und jetzt erkannte Eva, woher das Wehen kam, das stärker war als Wind. Sie erkannte die Hand, in der sie ruhte. Sie mochte die Augen schließen oder aufhalten – – es war doch kein Gedanke mehr daran, die Grabenränder zu beachten, die Mitte der Straße einzuhalten, den Weg zu sehen. Sie wußte den Weg nicht mehr. Aber wenn Eva den Weg nicht wußte, dann wußten ihn die Pferde. Und wenn die Pferde ihn nicht wußten, dann wußte ihn Gott.

Von dem Ruck, den die Pferde, vom Fleck weg im Galopp, dem Schlitten gegeben hatten, war der Zar aufgewacht. Die Wärmflaschen gluckerten und stießen gegen seine Füße.
»Ist etwas geschehen?« fragte er den Adjutanten.
»Nichts, Majestät, wir fahren.«
Am Geräusch der den Schnee schlagenden Hufe merkte Nikolaus, daß sie sehr schnell vorwärtskamen.
»Gott sei Dank«, sagte er, »nicht mehr dieses Schneckentempo.« Er hob den Kopf, stützte sich auf die Ellbogen und versuchte, durch das kleine Fenster, das in die Rückwand des Schlittens eingelassen war, hinauszuschauen.
»Folgen die anderen Schlitten? Haben sie uns eingeholt?« fragte er.
»Leider nein«, antwortete der Adjutant.
»Die alte Unordnung«, sagte der Zar. »Wozu habe ich mein Gefolge? Ich könnte

ebensogut allein reisen. Übrigens« – er lachte kurz auf – »es müßte recht angenehm sein, einmal ganz allein zu reisen, ohne alle Hofschranzen.«

Der Adjutant schwieg.

»Womit ich natürlich nicht Sie gemeint habe, teurer Fürst«, setzte der Zar hinzu.

Der Adjutant war in Verlegenheit. Wäre es im Schlitten hell gewesen, man hätte auf diese Bemerkung der Majestät mit einem Lächeln erwidert. Aber wie konnte man im Dunkeln ein Lächeln ausdrücken? Es war schwierig. Er entschied sich für ein äußerst zart genäseltes »Hm«.

Der Zar machte die Knie krumm und rutschte auf seinem Lager nach vorn. So konnte er durch die seitlichen Fenster die Aussicht betrachten. Der Adjutant folgte seiner Bewegung. Es wäre nicht schicklich gewesen, liegenzubleiben, wenn Seine Majestät hockten. Also hockte er auch. Sie schauten, der Zar rechts, der Adjutant links, zu den Fenstern hinaus.

Vorüber zogen, vom Schein der Laternen getroffen, die Ecken eines Hauses, ein Gar-

tenzaun, einzelne Bäume. Die Dinge traten jählings aus der Nacht wie aus einem Nichts, überblendeten die Landschaft, die im Dunkel dahinter verborgen blieb, waren wie ohne Zusammenhang mit der Welt und verschwanden wieder ins Nichts.
»Der fährt ja wie der Teufel«, bemerkte anerkennend der Zar.
»Oder wie ein guter Engel«, meinte gefühlvoll der Adjutant. »Er will uns trösten für den Aufenthalt, den uns die Schneeverwehungen hinter Mitau bereiteten. Wir holen das Versäumte nach.«
Der Adjutant hoffte, die Laune seines Herrn, die während der letzten Tage nicht die gnädigste gewesen war, werde sich durch das schnellere Fahren bessern. Warum der Zar es so eilig hatte, nach Berlin zu kommen, darüber machte der Adjutant sich seine Gedanken. Aber er kam damit nicht weit, denn alle Gründe und Hintergründe der Reise kannte er nicht. Und das empfand er als eine Zurücksetzung. Zu fragen war gewagt. Man konnte sich bei Nikolaus durch Fragen sehr unbeliebt machen.

Vier Tage und vier Nächte hatte er darauf gewartet, daß der Zar ihm ein Wörtchen hinreiche, wie ein Garn, an dem sich weiterspinnen ließe. Das Wörtchen wurde nicht gereicht, das Garn blieb ungesponnen. Der Zar war schweigsam, und was er sprach, handelte von gleichgültigen Dingen. Nicht einmal die neuesten kleinen Klatschgeschichten vom Hof, von denen der Adjutant einen Vorrat mit sich führte, der für die ganze Reise ausgereicht hätte, hatte er anbringen können.

›Seine Majestät ist absichtlich verschlossen gegen mich‹, sagte er sich. ›Aber warte, Väterchen, bis wir in Berlin sind, wirst du mir haargenau auseinandergesetzt haben, was du mit deinem königlichen Schwiegervater vorhast. Ich ahne Verschiedenes. Du bildest dir nämlich immer noch ein, der mächtigste Mann Europas zu sein. Aber Europa ist anderer Ansicht geworden. Und dies dir begreiflich zu machen, das wäre meine Aufgabe als die eines guten russischen Patrioten. Ich werde dir mal meine Meinung sagen, denn hier kannst du mich nicht hinausschikken wie aus deinem Kabinett. Du wirst gezwungen sein, mich anzuhören.‹

»Tun Sie meine Stiefel woandershin«, sagte der Zar. »Sie müssen besser Ordnung halten im Schlitten.«

Der Adjutant zog die Stiefel auf seine Seite herüber.

›Er behandelt mich wie einen Lakaien‹, dachte er. ›Um die Stiefel, um den Pferdewechsel, ums Essen und um die Bequemlichkeit Seiner Majestät darf ich mich kümmern. Als ob ich in der Politik eine Null wäre. Es sind Intrigen gegen mich im Gange. Die Wärmflaschen waren meine Idee, und jetzt werden sie nicht einmal beachtet.‹

Der Zar änderte seine hockende Stellung in eine kniende. Also kniete auch der Adjutant. Der Schlitten war nicht so hoch, daß man aufrecht darin hätte stehen können, schon gar nicht, wenn man so groß war wie Nikolaus. Kniend konnte man auch nach vorn hinausschauen durch zwei kleine Fenster, die sich in der Stirnwand des Schlittens ausnahmen wie zwei Augen. Der Zar schien, am Rücken des Kutschers vorbei, die Pferde

zu beobachten. Sein Gesicht war matt erhellt vom Widerschein der Beleuchtung auf Schnee und Pferdeleibern.
Der Adjutant beobachtete auch, aber nicht die Pferde, sondern den Zaren. Und plötzlich – man weiß selber nicht, wie man gerade in dem Augenblick dazu kommt – ist ein Entschluß gefaßt, um den man lange rang. Der Adjutant entschloß sich zu sprechen.
»In Berlin wird man ...« – er wollte sagen »überrascht sein«. Aber der Zar ließ es nicht dazu kommen.
»Beunruhigen Sie sich nicht über Berlin«, sagte er. »Schauen Sie lieber auch zum Fenster hinaus. Sehen Sie sich dieses Viergespann an. Das sind keine Postpferde. Mein Kabinettschef hat es den baltischen Baronen verboten, mir, wenn ich durch ihr Land fahre, die eigenen Pferde an Stelle der Postpferde vorzuspannen. Der Kabinettschef fürchtet für meine Sicherheit. Aber wohin käme man, wenn man immer nur um die eigene Sicherheit besorgt wäre.«
»Das kostbare Leben Eurer Majestät«, begann der Adjutant.

»Ich glaube, daß jedem Menschen sein Leben kostbar ist«, unterbrach ihn der Zar. »Dem Kutscher da auf dem Bock ist sein Leben sicherlich auch kostbar. Wollen Sie besorgter um Ihr Leben sein als dieser Kutscher?«
»Majestät, mein Leben...«
»Ich weiß, mein Teurer – das Leben für den Zaren, eine vortreffliche Oper. Ich hörte die ganze Zeit eine Musik, die Schlittenschellen sind's. Man meint, es müßte eine Melodie daraus werden, aber sie kommt nicht über den Anfang hinaus. Die Fahrt erinnert mich an das Gedicht von Puschkin. Wie fängt's doch an? – In Wirbeln treibt der Wind den Schnee...«
»Und das Glöckchen ting – ting – ting«, fiel der Adjutant ein.
»Das ist ein ganz anderes Gedicht«, wies ihn der Zar zurecht. »Sie sollten sich mehr mit Puschkin beschäftigen.«
Hierauf war nichts zu erwidern.
Jetzt sah der Adjutant, daß zwischen den Brauen des Zaren eine Falte entstand, die gefürchtete Falte, an der schon manchen

Günstlings hoffnungsvoller Aufstieg zerschellt war. Er machte sich auf etwas Schlimmes gefaßt, aber es war verhältnismäßig harmlos.
»Dieser Bursch«, sagte der Zar, indem er, sich herunterbeugend, zum Nacken des Kutschers hinaufwies. »Er hat sich nicht einmal die Uniformmütze aufgesetzt, die für die Postillione vorgeschrieben ist. Das geht zu weit. Man sollte in allen Fällen die Form wahren. Ich reise doch schließlich nicht als Gast eines kurländischen Barons, sondern mit meiner Post. Wie sieht das aus!«
»Es ist schrecklich«, seufzte der Adjutant.
»Schrecklich nicht«, sagte der Zar. »Aber es gehört sich nicht. Machen Sie nachher den Mann darauf aufmerksam.«
»Zu Befehl«, sagte der Adjutant und schlug, so gut es in kniender Stellung ging, die Hakken aneinander.
»Teufel oder Engel«, sagte nach einer Weile der Zar nachdenklich, »weiß man's denn immer, wer einen grad kutschiert? – Sie brauchen darauf nicht zu antworten, Fürst.«
Die Pferde galoppierten, der Schlitten glitt,

die Dinge huschten vorüber aus dem Nichts ins Nichts. Der Schnee, der dichter fiel, verwischte ihre Sichtbarkeit. Die Scheiben des Schlittens beschlugen und überzogen sich mit Eisblumen. Von der Beleuchtung blieb nur ein helles Wehen um die Laternen übrig. Der Zar streckte sich wieder zum Schlafen aus.

Das war es, was der Adjutant sich gewünscht hatte. Er war eben im Einschlafen, als die Stimme seines Gebieters ihn weckte.

»Es sind prachtvolle Pferde«, sagte der Zar. »Ich werde anfragen lassen, ob sie zu kaufen sind. Wozu braucht ein baltischer Baron ein solches Viergespann!«

Der Adjutant war nicht schnell genug wach geworden und mußte fragen, was Seine Majestät soeben zu sagen geruht hatten.

»Ich will mir das Viergespann kaufen«, wiederholte der Zar sehr laut.

»Und den Kutscher dazu«, hauchte der Adjutant.

»In den baltischen Provinzen ist die Leibeigenschaft abgeschafft«, belehrte ihn der Zar. Dann wurde es wieder still im Schlitten.

Die Schneewolke war vorübergezogen. Die Sterne fielen nicht mehr zur Erde herab. Sie blieben an ihrem himmlischen Platz, aber sie wanderten mit, schnell hinziehend durch die Gipfel verschneiter Bäume. Die Straße führte jetzt durch den Wald. Es war wieder ein irdisches Fahren geworden. Und immer noch galoppierten die Pferde.
›Ist das noch der richtige Weg?‹ fragte sich Eva. ›Ich weiß nicht, wo ich bin. Wenn es der richtige Wald ist, dann liegt dahinter der See. Und dort ist die schlechte Stelle, von der Schemme gesprochen hat. Den Wald erkenne ich nicht wieder. Aber an der schlechten Stelle werde ich den Weg wiedererkennen.‹
Sie merkte plötzlich, daß sie Angst vor der schlechten Stelle hatte.
›O Gott, hilf mir!‹ bat sie.
›Jetzt ist er endlich eingeschlafen‹, glaubte der Adjutant. Aber gerade da setzte der Zar sich wieder auf.
»Es hat aufgehört zu schneien«, sagte er. »Schauen Sie diesen herrlichen Wald.«
Da half nun nichts. Man mußte sich aufset-

zen, um den Wald zu bewundern. Der Adjutant unterdrückte ein Gähnen. Er sah nichts als Baumstämme und sagte: »Zauberhaft.«
»Ich liebe die Kiefer«, sagte der Zar. »Gerader Stamm, der die Krone trägt. Ein königlicher Baum. Nirgends sah ich schönere Kiefern als in den baltischen Provinzen, weder in Rußland noch in Europa.«
›Er rechnet Rußland nicht mehr zu Europa‹, dachte der Adjutant. ›Der Moskowiter in ihm behält die Oberhand. Die Bojaren dürfen sich wieder die Bärte wachsen lassen, die ihnen Zar Peter abgeschnitten hat.‹
Der Wald hörte auf. Die letzten Stämme hoben sich dunkel gegen eine Helligkeit ab, die als rötlicher Schein am Himmel stand.
»Wie spät haben wir's?« fragte der Zar. »Kann das schon die Morgenröte sein?«
»Die Morgenröte kann es nicht sein«, erklärte der Adjutant. »Wir fahren nach Westen, die Sonne geht im Osten auf.« Und er freute sich, seinem Herrn eins ausgewischt zu haben. »Außerdem« – er zog umständlich unter unzähligen Pelzwesten die Uhr hervor,

konnte sie aber im Dunkeln des Schlittens nicht erkennen – »es kann nicht viel über Mitternacht sein. Um Mitternacht haben wir die Pferde gewechselt.«

»Wie die Zeit kriecht«, sagte der Zar und legte sich wieder zurück.

Den rötlichen Schein hinter den Stämmen hatte Eva auch gesehen. ›Dort brennt etwas‹, sagte sie sich. Es war ihr, als kündige sich in dem rötlichen Schein etwas Entscheidendes an. Ob Böses oder Gutes, ließ sich im Vorgefühl nicht unterscheiden. ›Hinter dem Walde kommt die schlechte Stelle.‹

Und immer noch galoppierten die Pferde.

»Das ist der Ahnherr in euch, der herrliche Hasso. Ein Araberpferd wechselt die Gangart nicht, eh nicht ein Wink, ein Wort des Herrn es ihm befiehlt, und wenn es sich dabei zu Tode liefe. Ihr sollt euch nicht zu Tode laufen, ihr meine Geliebten. Wenn's auch der Kaiser ist, den wir fahren. Ihr sollt mir nicht aus Stolz darüber sterben. Oder ich stürbe mit euch. Aber dazu habe ich keine Lust. – Langsamer jetzt!«

Sie faßte die Leinen kürzer, lehnte sich mit dem ganzen Gewicht ihres jugendlichen Körpers zurück und brachte mit der Zungenspitze am Gaumen einen Ton hervor wie ein langgezogenes S.
Die Pferde verstanden. Erst mäßigten sie ihren Lauf zum Trab, dann gingen sie Schritt. Sie schnoben und prusteten kräftig, wie Pferde tun, wenn sie aus einer schnelleren Gangart in eine langsamere übergehen. – Die Straße hob sich. Langsam im Schritt ging es ein Stück bergauf.
›Ich erkenne den Weg wieder‹, sagte sich Eva. ›Da ist die große Fichte am See, und dort ist auch die schlechte Stelle. Aber warum brennt dort ein Feuer?‹
Sie sah Flammen aufsteigen aus einem Stoß von Holz und Reisig. Ein Mann und ein Knabe waren damit beschäftigt, das Feuer zu unterhalten, indem sie trockene Zweige hineinwarfen, die mächtig aufflammten und laut prasselten.
Für den Mann und den Knaben hatte wohl das Prasseln die Schlittenschellen übertönt. Sie schürten ihr Feuer und sahen nicht auf,

bis Eva nahe an ihnen vorbeifuhr. Die Pferde tänzelten unruhig, von der strahlenden Wärme des Feuers erreicht.
Jetzt riß der Mann die Mütze vom Kopf, und der Knabe warf die Hände hoch und rief mit gellender Knabenstimme Hurra. Es waren, wie Eva erkannte, der Buschwächter vom See und sein Sohn.

Der frohe Schrei des Kindes war auch im Innern des Schlittens gehört worden. Der Zar sah zum Fenster hinaus und winkte gnädig mit der Hand.
»Aber da sieht man's«, sagte er, »wie langsam wir reisen. Die Leute sind überall schon benachrichtigt und haben Zeit gehabt, ihre Vorbereitungen zu treffen. Es scheint, man will uns hier den Weg beleuchten.«

Diese Vermutung des Zaren war richtig. Auch Eva begriff: Dies war Paul von Kiesenbachs Werk. Er hatte ein Feuer anmachen lassen, um die schlechte Stelle zu beleuchten.
Sie freute sich, daß Paul so klug gewesen

war. »Seht ihr, das war weise gehandelt«, sagte sie zu den Pferden. »Bitte, benehmt euch dementsprechend! Tänzelt nicht so! Luna, du wirst doch wohl vernünftig sein.« Und dann war das Feuer hinter ihr und vor ihr der beleuchtete Weg.

Von der Höhe des Hügels abwärts höhlte der Weg den Hang. Etwas tiefer schwand die Böschung rechts, während sie links höher wurde. Rechts unten lag der See. Die Straße bog nach links. Hier mußte man auch im Sommer, auch bei Tage behutsam fahren. Kam man in Schwung, dann war man in Gefahr, zum See hin abzustürzen.

»Am Ufer ist der See noch offen«, hatte Schemme gesagt. Aber auch wenn er es nicht wäre und das Eis hielte – geriet man vom Wege ab auf den schrägen Hang, so mußte der Schlitten umstürzen. An dieser Stelle nun hatten der Schnee und der Wind zusammengearbeitet, dem Menschen Hindernisse und Gefahren in den Weg zu legen, die nicht nur im Lichte der Laternen als solche erschienen, sondern Wirklichkeit waren.

Der Hohlweg war vollgeweht. Die Pferde versanken bis zum Bauch. Sie konnten auf einmal nicht weiter. Der Schlitten blieb stehen.
»Wir halten«, sagte der Adjutant.
»Ich glaube, soeben dasselbe bemerkt zu haben«, antwortete der Zar spöttisch.
Es war nicht seine Art, bei jedem Aufenthalt sofort nach der Ursache zu fragen. Gab es ein Hindernis, so waren seine Untertanen da, es zu beseitigen. Der Schlitten stand. Nun gut, man wird ihn wieder in Bewegung bringen. – Die schlecht verhohlene Besorgnis des Adjutanten machte ihm Spaß. Sie verhalf ihm dazu, selber unbesorgt zu erscheinen und, ganz gegen seine Gewohnheit, den Geduldigen zu spielen. Nur durfte freilich der Aufenthalt nicht zu lange dauern. Sonst zog er sich seine Reitstiefel an und ging zu Fuß weiter. Zar Nikolaus war dazu imstande.
Eva spürte, daß ein letzter, allerfeinster Zusammenhang zwischen ihr und den Pferden noch fehlte. Die wollenen Handschuhe waren daran schuld. Mit den Zähnen riß sie

sich die Handschuhe von den Händen und steckte sie hinter den Riemen, der ihren Kutscherpelz zusammenhielt. Sie ließ die Pferde einen Augenblick verschnaufen. Die klugen Tiere mußten selber zur Einsicht kommen, daß man aus diesem Schneewall jedenfalls heraus mußte. Sie ordnete in aller Ruhe die Leinen. So, in den nackten Händen die Leinen haltend, empfand sie, daß jetzt erst ungehemmt der Strom, der lebendige Strom, der das Gefühl und das Verständnis trägt, von ihren Händen zu den Mäulern der Pferde lief und von den Pferden zurück zu ihr. Sie gab den Pferden Ruhe, und die Pferde gaben ihr Mut.

Aber da hörte sie und sah, daß von der Feuerstelle herab der Mann und der Knabe gelaufen kamen. Sie hatten das Steckenbleiben des Schlittens bemerkt und wollten helfen, ihn freizumachen und durch den Schnee vorwärtszustoßen. Eva lag nichts daran, vom Buschwächter als das gnädige Fräulein von Wok erkannt zu werden.

»Stella, Luna, Kometa, Planeta! Vorwärts, he, hopp!«

Vier Köpfe hoben sich. Acht Hufe griffen nach vorn aus über den Schnee. Der Schlitten bekam einen Ruck.
»Sehen Sie«, sagte der Zar, »es war gar kein Grund, sich aufzuregen.«
Hätte er das nächste Stück des Weges so übersehen können, wie Eva es übersah, er hätte vielleicht doch ein wenig Grund gefunden, sich aufzuregen.

Eva bemerkte, daß irgend etwas sich sehr verändert hatte. Das war's: die Laternen am Schlitten gaben keine Beleuchtung mehr. Sie waren erloschen. In welchem Augenblick es geschehen war, wußte Eva nicht. Wahrscheinlich in dem Augenblick, als die Pferde sich im Hohlweg mit aller Anstrengung vorwärtsarbeiteten, Wolken und Ballen von Schnee hinter sich werfend. Vielleicht war der feine kristallene Staub durch die durchbrochenen Krönchen ins Innere der Laternen gesickert und hatte schmelzend die Dochte der Lampen betropft. Vielleicht auch waren die Scheiben gesprungen und herausgefallen.

Eva hatte keine Zeit, sich um die erloschenen Laternen zu kümmern.
Gut, daß sie die Handschuhe von den Händen gezogen hatte. So konnte sie zu jedem einzelnen der vier sprechen, nicht nur durch leisen Zuruf und besänftigende Mahnung, sondern auch durch das Gefühl, das sie in die Zügel legte, bald den einen, bald den andern fester anziehend oder lockerer lassend.
Und sie brauchte die Laternen nicht, denn sie sah ja den Weg, die schlechte Stelle.
Oh, wie gut war es, daß hinter ihr vom Hügel her das Feuer leuchtete – greller die Flamme, milder der rötliche Rauch, sichtbar machend, was notwendig war zu sehen: Hindernis und Gefahr!
Hell beleuchtet links die steil ansteigende Böschung. Rechts der Rand des Weges, scharf abgehoben vom Dunkel, in welchem unten der See, kaum noch wahrnehmbar, das Licht hinschwinden ließ auf seiner Fläche, die uferlos sich in die Ferne verlor.
»Luna, gib acht! Die Schneewächte täuscht dir den Weg breiter vor, als er ist. Sie hängt

über den Rand. Du darfst dich nicht auf deine Augen verlassen. Verlaß dich auf deine Hufe. Erst wenn du festen Boden spürst, wage den Schritt. Stürzest du ab am Hang, reißt du uns mit. – Stella, du halt dich immer an die Rinne zwischen Weg und Böschung. Nach dir müssen wir uns alle richten. Geh langsam. – Kometa, Planeta, ihr werdet euch doch nicht vor dem kleinen Schneewall fürchten, der sich euch schräg entgegenstellt? – Durch! Haltet! Hier ist aller Schnee weggeblasen, der nackte Kies kommt durch. Der Weg ist spitz gefroren. Regen des Herbstes hat ihn gefurcht, Frost hat ihn gehärtet. Ich kann nichts dafür, wenn es den Kaiser jetzt ein bißchen unsanft wiegt. Er muß es aushalten. – Vorsicht! Glatteis! – Planeta, Kometa, haltet! Stemmt euch gegen die Deichsel! Der Schlitten kommt ins Rutschen. Luna, Stella, so helft ihnen doch halten! Stützt sie mit euren starken Schultern, daß sie nicht fallen! – Der Schlitten wird schief. Schiefer darf er nicht werden. – Vorwärts jetzt!« Ein Peitschenhieb saust über alle vier Rücken.

»Wir stürzen!« schrie der Adjutant.
»Lassen Sie mein Bein los!« sagte ärgerlich der Kaiser.
Die Wärmflaschen kollerten im Schlitten nach rechts, aber sie kollerten auch wieder nach links.
»Mein Gott!« stöhnte völlig unbeherrscht der Adjutant. Der Kaiser lachte. Es war seine Rache für den Sonnenaufgang im Westen.

In Augenblicken höchster Spannung gehen die Gedanken des Menschen oft seltsame Seitenpfade. Während Eva auf nichts anderes achten durfte als auf den Weg und jeden Schritt der Pferde, hatte sie plötzlich die deutliche Vorstellung, wie es im Sommer und am Tage an der Stelle aussah, und daß man von hier aus ihr Vaterhaus erblicken konnte, weit jenseits des Sees. Vom Hügel her, auf dem es stand, schaute es mit Turm und Giebel über die Spitzen der Wälder weit ins Land hinaus. Immer war sie stolz auf ihr Vaterhaus, von wo aus sie es auch erblickte. Jetzt in der Nacht freilich wäre es vergeblich gewesen, mit den Augen zu suchen. Sie durfte ja die Augen auch gar nicht wenden von Weg und Pferden. Aber sie dachte daran, und plötzlich, als eine ganz lächerliche Vorstellung, schob sich in ihr Bewußtsein der Gedanke: ›Wenn Vater mich jetzt sähe!‹

Und Vater sah sie.

Als es begonnen hatte zu schneien, hatte Baron Wok die Beobachtung des Saturn eingestellt. Auch war ihm der Stern allmählich aus dem Reich seines Beobachtungsfeldes gerückt.

Er schloß das Kappfenster nicht, wandte sich auch keiner anderen Beschäftigung zu, sondern blieb bei seinem geliebten Instrument, als fände er den Entschluß nicht, sich von ihm zu verabschieden und es in seinen grünen Kasten zu betten.

Die Kerze, die als einzige gebrannt hatte, war beträchtlich kürzer geworden als in den Leuchtern die anderen fünf, die ihre Materie nicht verbraucht, dafür aber auch nicht geleuchtet hatten.

Mit leise schleifendem Ton strich der Schnee unsichtbar gegen das Fenster.
Der Baron stand da, als habe er darauf zu warten, bis die Schneewolke vorübergezogen wäre. Hätte er darauf gewartet, die Zeit wäre ihm lang geworden. Aber er wartete nicht, er grübelte nur. Und beim Grübeln kann die Zeit manchmal sehr schnell vergehen.
Ein Husch, ein Hauch, ein nicht zu messendes Stückchen von der Ewigkeit – schon hört es auf zu schneien, schon kommen wieder die Sterne zum Vorschein. Genug für heut! – Der Baron trat ans Fenster, um das Kappfenster zu schließen.
Da sah er über dem Walde eine Helligkeit. Die Helligkeit nahm eine rötliche Färbung an.
›Eine Feuersbrunst‹, dachte der Baron. ›Was mag da brennen? Ob das auf meinem Gebiet ist?‹
Das ließ sich wohl, da auch der Herd des Feuers sichtbar wurde, mit dem Fernrohr feststellen. Für Erdbeobachtungen aber mußte das Okular des Instrumentes gegen

ein anderes ausgewechselt werden, weil sonst die Dinge auf dem Kopf stehend erschienen. Am Himmel gibt es kein Oben und Unten. Aber alles, was auf der Erde vor sich geht, das möchten wir doch lieber Kopf nach oben sehen.

Der Baron beeilte sich nicht. Der Brand regte ihn nicht auf. Mit ruhigen Händen schraubte er ein kurzes Rohrteil heraus und setzte dafür ein längeres ein. Nach diesen Vorbereitungen stellte er bald mit Befriedigung fest, daß das Feuer sich außerhalb seiner Gutsgrenzen befand, auch daß dort kein Gebäude brannte, sondern nur ein Holzstoß. Schattenhaft bewegten sich davor Gestalten. Die Umgebung der Feuerstelle absuchend, erkannte er die hohe Fichte und an dem Baum die Stelle. Er sah auch ein Stück des Weges.

Das war die Stelle, von der es immer hieß, hier müsse einmal die Poststraße anders gelegt werden. Es war dort schon mehrmals beinahe ein Unglück geschehen. Erst kürzlich war ein Bauer in den See abgerutscht und hatte sich und das Pferd nur mit Mühe

gerettet. Der Baron nahm sich vor, die Sache auf dem nächsten Landtage zur Sprache zu bringen.
›Aber was bedeutet das Feuer?‹ fragte sich der Baron. ›Hängt das vielleicht mit der Reise des Kaisers zusammen?‹
Während er so den Weg im Auge behielt, erschien, von links her in den Kreis des Sichtfeldes tretend und schräg sich abwärts bewegend, ein Gespann, vier Pferde, ein Schlitten.
›Sollte das der Wasok des Kaisers sein? – Den Moment hätte ich glücklich erwischt‹, dachte der Baron. ›Und ob das meine Pferde sind, Kulle und Krakuse und zwei Klepper?‹
Nein, Kulle und Krakuse waren es jedenfalls nicht.
In rosiger Beleuchtung, mit dem scharfen Glase auch auf die Entfernung noch zu erkennen – das Viergestirn! Aber das kann doch nicht sein!
Es ist das Viergestirn. Aber wer ist dann der Kutscher? Wer kann es sein?
Er schloß für die Dauer eines Atemzuges die

Augen. Aber dann mußte er doch wieder durchs Glas sehen. Langsam, Pferdeschritt um Pferdeschritt, abwärts, abwärts. Der Schlitten stellt sich schräg. Das eine Pferd scheint ausgeglitten zu sein. Der Schlitten steht schief.
Das Auge starrt durchs Glas, der Atem stockt.
Gespann und Schlitten sind nicht gestürzt. Ein Sprung der Pferde, ein nochmaliges Zurückhalten. Die Schicksalswaage schwankt ins Gleichgewicht zurück. Die Fahrt geht weiter. An der Biegung des Weges verschwindet der Schlitten hinter dem Berge. Hinter dem Berge ist nichts mehr zu befürchten.
Der Baron ergreift den Leuchter. Punsch erwacht und hebt verwundert den Kopf. Der Baron eilt durch das schlafende Haus. Die Kerze betröpfelt ihm den Rock. Er kommt in Evas Zimmer. Ihr Bett ist leer.
In diesem Augenblick gab der Baron allen inneren Widerstand gegen die möglichst baldige Verheiratung seiner Tochter entschieden und endgültig auf.

»Ihr, meine Herrlichen, wollt ihr schon wieder galoppieren? Laßt das. Trab genügt.
Eva fühlte, daß sie zitterte. Aber die Pferde durften von dieser Schwäche ihrer Herrin nichts merken. Sie gebot ihren Händen Ruhe.
»Die Laternen sind verlöscht. Das Feuer strahlt uns nicht mehr. Aber seht, ein neues Licht ist uns erschienen.
Der Mond ist aufgegangen. Es ist zwar nur ein abnehmender Mond, aber er leuchtet uns hell genug. Was kann uns noch geschehen!«
Die gleichmäßige Weiterfahrt und das Mondlicht schläferten den Zaren ein. Der Adjutant angelte sich die gluckernden Wärmflaschen, die immer noch einen schönen Rest von Wärme hielten, und legte sie an seine erstarrten Füße. – »Wären wir nur schon in Berlin!« – Und mit dem nächsten geseufzten Atemzug schlief endlich auch er, fest wie ein Kind nach überstandener Angst.
Eva war es zumute, als sei sie noch nie so wach gewesen wie in diesem Augenblick.

Halb noch unklar und mehr mit dem Verstande des Herzens als dem des Kopfes wußte sie, daß sie soeben fürs Leben zwei große Erkenntnisse gewonnen hatte. Die eine verdankte sie Paul: Wo der Mensch nicht die Möglichkeit hat, Gefahren zu beseitigen, da soll er sie wenigstens beleuchten. Denn, die Gefahr *sehen,* ist der erste Schritt zu ihrer Überwindung.

Und die andere Erkenntnis war von noch tieferer Bedeutung: Es ist gut, sich Gott in die Hand zu geben. Und gut ist dort, wo der Mensch seinen Weg nicht sieht, das blinde Vertrauen.

Aber Gott will, daß dort, wo der Mensch Vorsicht und Umsicht anwenden kann, er sie auch anwende, so als gäbe es gar keinen Gott, der ihm helfe.

Denn den Gott, der täte, was der Mensch selber tun kann, den gibt es freilich nicht. Aber den gibt's, in dessen Hand der Mensch die Entscheidung legt, wozu ihm seine menschlichen Anstrengungen ausschlagen sollen, ob zum Heil oder zum Verderben. Die Anstrengung liegt beim Menschen, die

Entscheidung bei Gott. Gott liebt das Vertrauen des Blinden, und er liebt auch das Vertrauen des Sehenden. Gott hatte ihr geholfen. Nun hieß es, das Gott gegebene Versprechen halten.

Vielleicht war Paul schon an der nächsten Poststation und wartete, ohne daß er es selber wußte, auf sie. – »Schrecklich, schrecklich, lieber Gott – aber vielleicht auch ganz schön.«

Es mochte noch etwa eine Werst bis zu ihrem Ziele sein, da erblickte sie vor sich auf dem Wege einen Schlitten, mit zwei Pferden bespannt. An den Pferden erkannte sie auch den Fahrer: es war Paul.

Da riß es sie hin zu frohlockendem Übermut. – Vorbeifahren an ihm, ihn überholen, ihm etwas zurufen! Es konnte sie ja niemand mehr aufhalten, nicht einmal Paul.

Sie schnalzte mit der Zunge. Den Pferden genügte das Zeichen, sich sofort wieder in Galopp zu setzen. Schon hatte sie den kleinen Schlitten, die langsameren Pferde eingeholt. Der Fahrer sah sich nach ihr um. Wollte Eva ihn überholen, mußte Paul vom

Wege seitwärts lenken. Das konnte er nur, wenn er in den Graben fuhr. Sollte er in den Graben fahren!

Mit schmetterndem Triumph in der Stimme schrie sie ihm zu: »Den Weg frei für den Kaiser!«

Sie sah, wie Pauls Schlitten in den Graben kippte. Sie sah sich nicht nach ihm um.

Eva wußte nicht, welch eine Leistung sie in diesem Augenblick vollbracht hatte: sie hatte das Gerücht überholt. Denn vor Paul von Kiesenbach her war niemand des Wegs gefahren, der nach der kleinen schlafenden Poststation die Kunde gebracht hätte von des Kaisers Reise. Ihr triumphierender Schrei hatte den einen Schläfer geweckt, den anderen nicht.

»War das nicht eine Frauenstimme?« fragte der Zar. Aber er tat seine Frage vergeblich. Der Adjutant wachte nicht auf. Nikolaus stieß ihn in die Seite.

Erschreckt zog der Erwachende die Luft durch die Nase ein: »Was geruhen?«

»Pferdewechsel!« rief Nikolaus.

Evas Fahrt war zu Ende. Sie warf den Pferden, die gehorsam standen, die Leinen über den Rücken, sprang vom Bock, lief auf das schlafende Haus zu und trommelte mit den Fäusten gegen die geschlossenen Fensterläden. Innen wurde es lebendig. Lichtschein drang durch einen Spalt. Stimmen wurden laut. Ihr selber versagte die Stimme. Sie wartete nicht ab, bis die Tür sich öffne, sondern eilte zum Schlitten zurück, löste mit fliegenden Händen Riemen und Stränge des Angespanns. Im Nu waren die Pferde vom Schlitten befreit. Die Tür des Stalles war unverschlossen. Welch ein Glück! – »Kommt, meine Geliebten!«

Da hörte sie sich angerufen: »He, Landsmann! Nicht so eilig! Steh! Komm einmal her!«

Eva ließ vor Schreck die Pferde los, die sich vor der Stalltür drängten, einander den Eingang sperrend.

Sie sah, daß jemand aus dem Schlitten gestiegen war.

»Da nimm! Das schickt dir der Zar. Du bist gut gefahren.«

Es blieb ihr nichts übrig, als das Geldstück zu nehmen, aber sie steckte es schnell in die Manteltasche und ließ auch die Hand darin.

»Sehr gut gefahren. Aber solltest du ein zweites Mal in deinem Leben das Glück haben, Seine Majestät kutschieren zu dürfen, dann setz dir gefälligst eine Postillionsmütze auf. Verstanden? Der Zar liebt die Ordnung. Merk dir das!«

Dem Adjutanten gefiel die Haltung des Kutschers nicht. »Wie stehst du da? Die Hände in den Taschen! Steht man so vor einer höheren Persönlichkeit? Und die Mütze auf dem Kopf! Wenn's eine Uniformmütze wäre, gut, sie nimmt man nicht ab. Aber diese Pudelmütze! Und nicht einmal ›Danke‹ verstehst du zu sagen, du Klotz!«

Die Haltung des Kutschers änderte sich nicht. Das reizte ihn sehr. »Runter mit der Mütze!« – – – Er rief es erst russisch, dann deutsch. Beides blieb wirkungslos.

Der Kaiser sah vom Schlitten aus zu. Vor einem solchen Zuschauer blamiert man sich nicht gern. Wenn der Mann keine menschliche Sprache verstand, nun, so würde er wohl die entsprechende Gebärde verstehen. Der Adjutant hob die Hand, den Mann dadurch zu belehren, daß er ihm die Mütze vom Kopf schlüge. Aber ein Bedenken ließ ihm die Hand wieder sinken: Durfte er in so handgreiflicher Weise eine Strafe vollziehen an einem Untertan Seiner Majestät, zu dem er ja abgesandt worden war, um ihn zu belohnen? Nein, was gab es doch für Situationen! Er sah sich hilfesuchend um.

In der Tür des Postgebäudes erschien, ein Licht in der Hand, in Unterhosen der aus dem Schlaf getrommelte Posthalter. Nun würden Majestät wohl zufrieden sein. Dieser Mann war offenbar nicht benachrichtigt gewesen und hatte keine Zeit gehabt, Vorbereitungen zu treffen.

Aber der mondbeschienene Schauplatz der Ereignisse sollte sich noch mehr beleben. Die Straße her raste ein Schlitten, die Pferde im Karriere. Der Fahrer hieb auf sie ein. Es sah aus, als wollte er in den kaiserlichen Wasok hineinfahren. Im letzten Augenblick bog er ab, sprang, ohne erst anzuhalten, aus dem Schlitten, ließ die Pferde weiterlaufen und kam, die Arme schwingend, mit langen Sprüngen herbeigestürzt.

Eine Sekunde lang schoß dem Adjutanten der Gedanke durch den Kopf: ›Ein Attentat!‹ – und er tastete durch alle seine Pelzwesten, vergeblich, nach einer Waffe.

Aber wenn es ein Attentat war, so galt es offenbar nicht ihm und auch nicht seinem kaiserlichen Herrn, sondern – dem Kutscher!

Dieser hatte sich, kaum daß er des heranrasenden Fahrers gewahr wurde, auf den Absätzen seiner Wasserstiefel herumgedreht, war zu seinen Pferden gelaufen, die, auf ihn wartend, vor der offenen Stalltür standen, hatte sich durch sie hindurchgedrängt und war, von ihnen gefolgt, in der Finsternis des Stallinnern verschwunden. Und ohne sich um Adjutant oder Kaiser oder sonst etwas zu kümmern, lief nun auch der Mann, der aus dem Schlitten gesprungen war, hinter Kutscher und Pferden drein in den Stall. Die Tür zog er hinter sich zu.

Es war still geworden auf dem Platz. Auch

der Posthalter mit seinem Licht war, wahrscheinlich um sich das fehlende Kleidungsstück anzuziehen, im Inneren seines Hauses verschwunden.

»Sehen Sie nach, was das zu bedeuten hat«, rief vom Wasok her der Zar. Und da sein Adjutant nicht sofort mit einer Meldung zurückkam, zog Nikolaus die hohen Reiterstiefel an, entstieg dem Schlitten und folgte, sporenklirrenden Schrittes, den Geflüchteten.

Im Stall wäre es völlig dunkel gewesen, wenn nicht zur rechten Zeit der Posthalter wiedergekommen wäre, mit einer Laterne und diesmal auch mit Hosen.

So hellte sich das Dunkel auf, in das der Zar hineingestapft war, und was er sah, war wie ein Bild von rätselhafter Bedeutung.

Am Halse eines geduldig dastehenden wunderschönen Pferdes, eines der vier, die ihn gezogen hatten, hing, die Hände über der Mähne gerungen, das Gesicht ins Fell des Tieres gepreßt, der Kutscher. Die Mütze hatte er vom Kopf verloren. Der Zar sah blondes Frauenhaar. In aufgelösten Locken ringelte es sich über den Rand des Pelzkragens, schönes, glänzendes, aber eben arg in Unordnung geratenes Haar. An den zukkenden Bewegungen der Schultern wie an der ganzen, kaum noch auf den Füßen stehenden Gestalt war deutlich zu erkennen, daß der am Halse des Tieres hängende Mensch hingebungsvoll und fassungslos schluchzte.

Um ihn bemühte sich, den Rücken des Kutschermantels streichelnd und fortgesetzt leise »Eva, Eva« rufend, ein junger Mann, derselbe, der aus dem fahrenden Schlitten gesprungen und hinter den Pferden her in den Stall gelaufen war.

Seitab von dieser Gruppe stand, vorgebeugt, verlegen und mit offenem Munde, der Adjutant.

»Was geht hier vor?« fragte der Zar.

»Majestät«, stammelte der Adjutant, »ich, ich, ich begreife nichts. Es scheint, dieser Kutscher ist weiblichen Geschlechts.«

»Bravo«, sagte der Zar, »Ihr Scharfsinn ist bewundernswert. – Junger Mann«, wandte er sich an den, der den Kutschermantel gestreichelt hatte und jetzt erschreckt aufsah, »junger Mann, ich bitte um eine Erklärung.« Paul von Kiesenbach, Assessor am Hauptmannsgericht in Kurland, kenntlich als solcher an der Dienstmütze, die er aufhatte, fand zu seinem und aller Beteiligten Glück sofort die Haltung, die Zar Nikolaus von allen möglichen Haltungen seiner Untertanen am höchsten schätzte: die streng und stramm militärische.

»Eure Kaiserliche Majestät«, sagte er, »wenn es mir gestattet ist, mit einer Bitte zu beginnen, so bitte ich um die Gnade, alle Strafen, die dieser Kutscher verdient haben könnte, vielleicht für schlechtes Fahren...«

»Im Gegenteil«, unterbrach ihn der Zar, »er ist vorzüglich gefahren. Aber was wollen Sie damit sagen?«

»Daß ich bitte, mich zu bestrafen, wenn er es verdient hat.«

»Ist das Ihr Kutscher?« fragte, schon lächelnd, der Zar.

»Noch nicht, Eure Kaiserliche Majestät.«

»Und wie kommen Sie dazu, für seine Sünden büßen zu wollen?«

»Weil ich mit ihm verlobt bin. Oder – – ich bin es doch, Eva?«
»Ja«, klang es vom Halse des Pferdes her, so, als habe dieses geantwortet.

Zu Evas Hochzeit kam ein Geschenk des Zaren an: ein goldenes Armband, besetzt mit vier prächtigen Smaragden, wie man sie im Ural findet. Auf der Innenseite trug der Reif auf russisch die Inschrift: »Meinem Kutscher. Nikolai.«
Baron Wok fragte bald danach beim Hofmarschallamt an, ob es ihm gestattet sei, die vier Pferde, die damals in der Winternacht den allerhöchsten Fahrgast gezogen hätten, Seiner Majestät zum Geschenk zu machen.
Aber Nikolaus ließ antworten: Er würde es für ein Unrecht halten, die Pferde von ihrem Kutscher zu trennen. Und da es dem Baron wohl kaum möglich sein werde, diesen mit zu verschenken, so müsse er, bei aller Würdigung der guten Absicht und zu seinem aufrichtigen Bedauern, auf das Geschenk verzichten.

Und so ist Eva noch manches Mal mit dem Viergestirn gefahren, wenn auch nie wieder als Kutscherin des Zaren.